원본

김영랑 시집

허윤회 주해

깊은샘

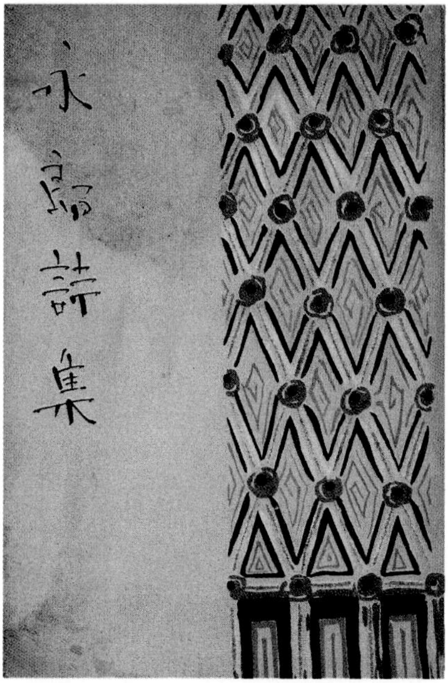

『영랑시집』 (시문학사, 1935)의 표지

『영랑시선』 (정음사, 1956)의 표지

영랑 김윤식의 시비

영랑 김윤식의 생가

김영랑의 1925년 사진(22세)

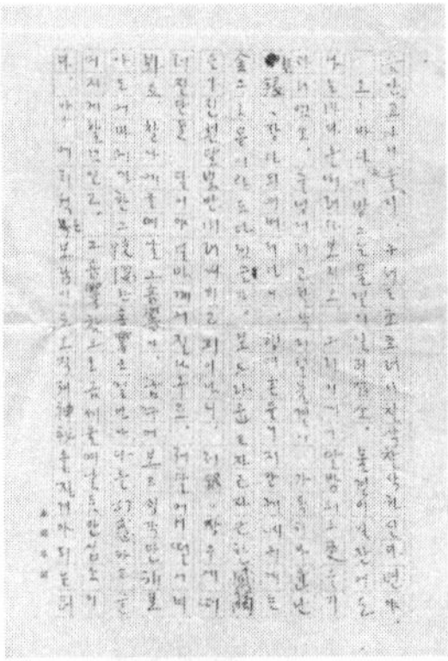
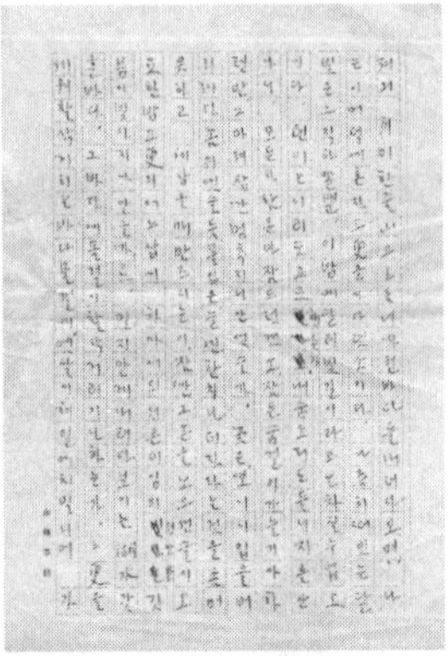
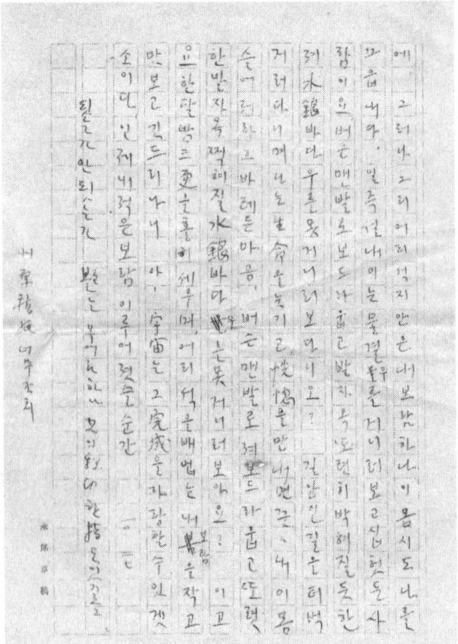

김영랑이 박용철에게 보낸 편지

1923년 일본 동경에서 강진 출신 유학생들과 함께.
(왼쪽부터 김광식, 김평식, 김영랑, 김안식)

시문학동인 창립기념촬영.
(앞줄 왼쪽부터 김영랑, 정인보, 변영로, 뒷줄 왼쪽부터 이하윤, 박용철, 정지용)

일러두기

1. 이 시집은 영랑이 남긴 두 권의 시집과 발표당시의 시작품을 모두 수록하였다.
2. 1부에서는 『영랑시집』(시문학사, 1935), 2부에서는 『영랑시선』(중앙문화사 1949; 정음사, 1956), 3부에서는 발표지에 실린 작품을 그대로 전사(全寫)하여 수록하였다.
3. 2부에 실린 『영랑시선』은 1956년에 출간된 정음사판을 사용하였다. 이헌구의 재판서문에 의하면 이 시집은 중앙문화사판을 그대로 출간한 것이다.
4. 본문의 하단에는 시어의 의미를 밝히는 각주를 넣었다.
5. 1부에서는 최초 발표된 작품과 『영랑시집』의 차이를 함께 밝혀 적었다.
6. 2부에서는 『영랑시집』에 수록된 작품의 경우 『영랑시선』과 비교하여 그 차이를 밝혔다. 『영랑시집』에 수록되지 않고 이후에 발표된 작품의 경우는 발표지의 표현과 『영랑시선』을 비교하여 그 차이를 또한 밝혔다. 그밖에 『영랑시선』에서만 볼 수 있는 작품은 해당 면의 하단에 각주를 넣었다.
7. 이때 사용된 기호는 다음과 같은 의미를 갖고 있다.
   ←는 변화된 양상을 지시할 때 사용하였다.
   ※는 의미상의 변화를 보여주었을 때 특별하게 사용하였다.
   §는 해당 단어의 뜻풀이를 의미한다.
   ∞는 해당 시어와 관련지어 생각해볼 수 있는 유사한 계열의 단어를 의미한다.
   ○는 표기 과정에서 나타난 빈칸을 의미한다.
   ●는 명백하게 표기상의 오류라고 판단될 때 사용하였다.
6. 이 시집에는 『영랑시집』과 『영랑시선』 그리고 발표당시의 제목을 비교할 수 있는 「김영랑 시작품 목록」을 수록하였다.
7. 「김영랑 시작품 목록」의 번호는 『영랑시집』과 발표 순서를 기준으로 하여 주해자가 붙인 것이다.
8. 또한 이 시집에는 「김영랑 시작품 대조표」를 수록하였다. 이는 『영랑시집』과 『영랑시선』 그리고 발표지의 표현을 서로 비교한 것으로서 김학동 편의 『모란이 피기까지는』(문학세계사, 1981)을 참조하고 수정 보완하였다.

머리말

황동규의 「다산초당」을 외우고 다닐 때니까 벌써 스무 해 남짓 된 일이다. 어찌어찌해서 버스를 여러 번 갈아타고 강진에 도착했다. 버스터미널 근처의 복덕방 할아버지한테 다산초당 가는 길을 물었을 때, 그 할아버지의 대답은 참 생뚱맞게도 "데모할라고?"였다. 우습기도 하고 어이없기도 했지만, 아는 사람 모르는 사람이 강진을 참 많이도 다녀갔구나 하는 생각을 그 때 했다. 그런데 길 건너편에 표지판이 하나 있었다. 영랑 김윤식의 집터를 가리키는 팻말이었다. 그리고 머리 뒤로 햇살을 이고 돌담길을 따라서 들어갔을 때, 또 한 번 저절로 터져 나오는 탄성을 참을 수 없었다. "돌담에 속삭이는 햇발같이……" 교과서에서 배운 시구가 머리 속에 저절로 떠오르는데 이렇게 친근하게 다가올 줄이야.

나는 그 때 사실 좀 놀랐다. 왜냐하면 김영랑의 시가 갖고 있는 특성은 언어의 세심한 조탁에서 오는 인공성에 있다고 생각했기 때문이다. 자기 집 마당에 모란을 심어놓고 완상을 하며 시어의 선택에 얼마나 고심을 했는가를 또 얼마나 배우고 외었던가. 그리하여 김영랑의 시는 화려한 천으로 장식된 조화이거나 미끈하게 깍은 대리석 조각처럼 여겨졌었다. 그런데 늦가을 한철의 햇살과 검붉은 막돌이 김영랑의 시를 일깨우고 있었다. 김영랑은 햇살과 돌담과 모란이 전하는 '말의 실감'을 재현하는 훌륭한 전사자(trans-scripter)라는 생각을 그 때 하였다.

그 후에도 김영랑과는 좀처럼 친해지지 않았다. '김영랑의 시쯤이야' 하는 생각을 많이 했던 것 같다. 그에 대해서는 너무나 잘 알고 있다는 생각도 하고 있었다. 하지만 언제부터인가 또다시 김영랑의 시는 침입을 거부하는 철옹성처럼 보이기 시작했다. 때문에 현대시를 공부하게 되면서 김영랑의 『영랑시집』(시문학사, 1935)을 찬찬히 읽어 보았다. 그리고 김영랑의 시를 얼마나 잘못 알고 있었는가에 대해서 다시 한번 크게 깨닫게 되었다. 돌담을 따라 난 작은 고샅길을 통해 새로운 세계로 가는 듯한 느낌이었다.

김영랑의 시는 한국 현대시에서 '시적인 것'이 무엇인가를 보여준 시인이다. 김영랑의 세밀한 언어의 선택과 배치는 시적 수준을 확보하기 위한 수단에 불과하다. 그 시적 수단이 지시하는 원천에 대한 둔감은 김영랑에 대한 여러 가지 오해를 낳았던 것처럼 보인다. 적어도 김영랑은 자신의 시세계에 있어서 일관된 기준과 표현의 세계를 잉태하려고 노력한 장본인이다. 그의 시는 시인이 지향한 시세계의 조감도인 셈이다.

이 책은 김영랑의 시를 한 자리에서 완상하려는 의도에서 기획된 『원본 김영랑 시집』이다. 김영랑의 시세계는 일차적으로 『영랑시집』이 고찰의 대상이 된다. 하지만 김영랑은 『영랑시집』이외에도 시인 자신이 편집한 『영랑시선』(중앙문화사, 1949; 정음사, 1956)을 출간한 바 있다. 이 두 시집을 살펴보면 시집의 배열이나 시세계의 의미망이 사뭇 다르다는 것을 느낄 수 있다. 그 이유는 『영랑시집』의 출간 이후에도 김영랑은 지속적으로 시를 제작 발표하였으며, 그 성과를 『영랑시선』은 담아내고 있기 때문이다. 『영랑시집』에서 볼 수 없는 확장된 시세계를 『영랑시선』에서 볼 수 있다.

그런데 문제는 『영랑시선』에서는 『영랑시집』에 수록된 작품을 일부 배제하였으며, 『영랑시집』의 출간 이후의 작품을 모두 수록하고 있지도 않고 있다는 점이다. 다시 말하면 『영랑시선』은 모든 작품을 수록한 것이 아니라 일정한 수준과 기준에 의하여 편집된 '시선집'이다. 또한 출간과정에서 표기법의 변화는 우리가 알고 있는 『영랑시집』의 김영랑 시와는 또 다른 분위기를 전해주고 있다. 그 결과 김영랑의 시세계는 세 가지 층위가 존재한다. 우선 첫 번째는 『영랑시집』의 층위이다. 이 시집은 일반적으로 알고 있는 김영랑의 시세계에 해당된다. 두 번째는 『영랑시선』의 층위이다. 이 층위는 『영랑시집』이후에 확장된 김영랑의 시세계를 보여주는데 일제말기에 써진 「독을 차고」나 「춘향」 같은 작품의 세계를 포함하고 있다. 세 번째는 1930년 이후 잡지와 신문 등 발표매체에 발표된 작품의 층위이다. 이는 앞의 두 시집이 김영랑 시세계의 선보를 보여주지

못하고 있기 때문에 부득이 살펴져야 한다.

김영랑의 시세계는 깨지기 쉬운 꽃병과 같다. 앞에서 말한 세 층위는 다른 시인과 달리 특별한 독자성들을 갖고 있다. 뉘앙스의 차이를 강조하는 것은 이 때문이다. 각각의 상황과 강조점이 다르기 때문에 이를 단순하게 종합하려고 하면 서로 상충되는 결과를 낳고 만다. 지금까지 김영랑의 시를 전부 망라한 시집이 몇 차례 나왔지만 일말의 혼란을 가져온 것은 이 때문이라고 생각된다. 그런 의미에서 김영랑의 『영랑시집』과 『영랑시선』 그리고 매체에 수록된 시세계는 상호연관성 속에서 서로 어떻게 영향을 주고받는가에 대한 검토가 필요하다. 그리고 이 시집은 김영랑 시세계의 전체적인 양상을 일차적으로 보여주고 있다는 점에서 그 의의가 있다. 아무쪼록 김영랑 시세계의 접근에 있어서 도움이 되기를 바랄 뿐이다.

강진읍내를 빠져나오면 시원한 들판과 강진만이 시야에 들어온다. 천일각에서 내려다보는 풍광은 실로 장관이다. 버스를 타려고 기다리는 동안 해는 떨어지고 어둑한 저 밑에서 올라오는 것은 분명 갯내가 분명하다. 김영랑은 다음과 같이 썼다.

얼결에 여흰봄 흐르는 마음
헛되이 찾으려 허덕이는 날
뻘우에 철-석 개ㅅ물이 노히듯
얼컥 니-는 훗근한 내음

다산초당 밑의 버스정류장에서 술냄새 풍기는 군복내기와 간이 상점을 지키는 그악스러운 아낙의 소리를 뒤로하고 갯벌은 퍽이나 깊었다. 김영랑의 집터 뒤에 있는 동산의 정자에서 바라보면 여기가 잘 보일지도 모른다는 생각을 했다. 그리고 빨갛게 달군 담배공초를 검푸른 갈대밭의 그림자 뒤켠으로 던졌다. 깊은 밤에도 한동안 빨갛게 타고 있었으리라.

『원본 김영랑 시집』을 어려운 사정에도 출간하기로 결정하신 깊은샘 박현숙 사장님에게 감사를 드린다.

2007. 3. 31

허윤회

차례

원본 영랑 시집 · 16

원전작품

『영랑시집』 원본

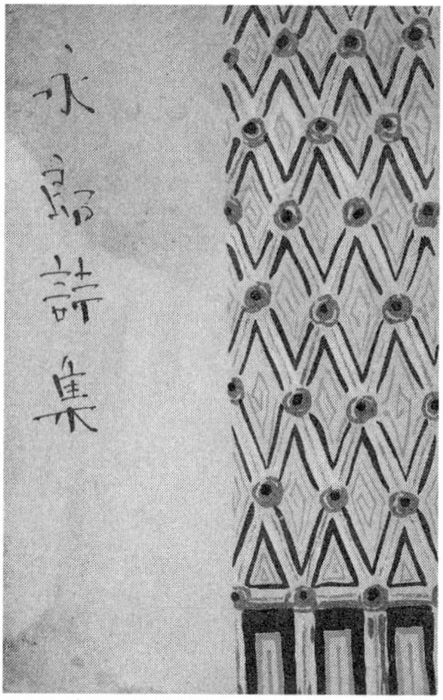

永郎詩集

詩文學社版

詩集

A thing of beauty is a joy for ever.
—-Keats—

1

내마음의 어딘듯 한편에 끗업는
강물이 흐르네
도처오르는 아츰날빗이 빤질한
은결을 도도네
가슴엔듯 눈엔듯 또 피ㅅ줄엔듯
마음이 도른도른 숨어잇는 곳
내마음의 어딘듯 한편에 끗업는
강물이 흐르네

---

*『시문학』 1호, 1930.3.

1. 어딘듯 ; 어디엔 듯
2. 끗업는←씃업는 ; 끝없는
3. 흐르네←흐르내 ; 흐르네
4. 도처오르는 ; 돋쳐 오르는. § '돋치다' 에는 '돋아서 내밀다' 의 뜻이 있음.
5. 아츰날빗이 ; 아침 날빛이, 아침의 햇살이 ∞ 돋을볕
6. 빤질한←쌘질한 ; 반질한
7. 은결 ; 은빛 물결(銀波)
8. 도도네←도도내 ; 돋우네. § '도도다' 는 '돋우다' 의 옛말.
9. 또 피ㅅ줄엔듯←쏘 피ㅅ줄엔 듯
10. 도른도른 , 노란노란, 나성아세

2

돌담에 소색이는 햇발가치
풀아래 우슴짓는 샘물가치
내마음 고요히 고흔봄 길우에
오날하로 하날을 우러르고십다

새악시볼에 떠오는 붓그럼가치
詩의가슴을 살프시 젓는 물결가치
보드레한 에메랄드 얄게 흐르는
실비단 하날을 바라보고십다

---

*『시문학』 2호, 1930.5.

1. 소색이는 ; 속삭이는
2. 햇발가치 ; 햇발같이(『영랑시집』에서 '같이' 는 모두 '가치' 로 표기)
3. 우슴짓는 ; 웃음짓는(『영랑시집』에서 '웃음' 은 모두 '우슴' 으로 표기)
4. 고흔 봄 ; 고은 봄
5. 길우에 ; 길 위에
6. 하로 ; '하루' 의 방언
7. 하날 ; '하늘' 의 방언
8. 우러르고십다←우러르고십다.
9. 붓그럼 ; 부끄럼, 부끄러움
10. 살프시 ; 살며시
11. 젓는 ; 적시는
12. 보드레한 ; 보드라운 (∞〈부드레한)
13. 에메랄드 ; 녹색 빛이 나는 보석의 일종.
14. 얄게 ; 얇게

3

어덕에 바로누어
아슬한 푸른하날 뜻업시 바래다가
나는 이젓습네 눈물도는 노래를
그하날 아슬하야 너무도 아슬하야

이몸이 서러운줄 어덕이야 아시련만
마음의 가는우슴 한때라도 업드라냐
아슬한 하날아래 귀여운맘 질기운맘
내눈은 감기엿대 감기엿대

---

*『시문학』1호, 1930.3.

1. 어덕 ; '언덕'의 방언.
2. 누어 ; 누워
3. 아슬한 ; ∞ 아슴푸레하다. § '아슴푸레하다'는 기억이 매우 희미하거나, 먼 곳에 있는 물건이 보기에 매우 희미하다는 뜻을 갖고 있음.
4. 뜻업시←슷업시 ; 뜻없이
5. 바래다가 ; 바라보다가
6. 이젓습네 ; 잊었습니다.
7. 어덕이야 아시련만←미리서 아랏거니※
8. 한때라도←한쌔라도
9. 업드라냐 ; 없었겠느냐
10. 질기운 맘 ; 즐거운 마음

4

뉘 눈결에 쏘이엿소
왼통 수집어진 저 하날빛
담안에 복숭아꽃이 붉고
밧게 봄은 벌서 재앙스럽소

꾀꼬리 단두리 단두리로다
뷘 골ㅅ작도 붓그려워
홀란스런 노래로 힌구름 피여올리나
그속에 든 꿈이 더 재앙스럽소

---

1. 뉘 ; 누구의
2. 왼통 ; 온통, 전부.
3. 수집어진 ; 수줍어진, 수줍어하는
4. 복숭아꽃이 ; 봉숭아꽃이
5. 벌서 ; 벌써
6. 밧게 ; 밖에
7. 재앙스럽소 ; 재앙(災殃)스럽소
8. 단두리 ; 단둘이
9. 뷘 ; 빈
10. 골ㅅ작도 ; 골짜기도
11. 붓그려워 ; 부끄러워
12. 홀란스런 ; 혼란(混亂)스러운, 혼란스럽게 하는

5

「오-매 단풍들것네」
장광에 골불은 감닙 날러오아
누이는 놀란듯이 치어다보며
「오-매 단풍들것네」

추석이 내일모레 기둘니리
바람이 자지어서 걱정이리
누이의 마음아 나를보아라
「오-매 단풍들것네」

---

*『시문학』 1호, 1930.3.

1. 단풍들것네←단풍들것내 ; 단풍들겠네
2. 장광 ; '장독대' 의 방언
3. 골불은 ; 골(菅)이나 통이 전체적으로 부어오르거나 두툼해진
4. 감닙 ; 감잎
5. 날러오아 ; 날러와(서)
6. 내일모레←내일모래
7. 기둘니리 ; 기다려지네
8. 자지어서 ; 잦아져서
9. 걱졍이리←걱정이리 ; 걱정이네

6

「바람이 부는대로 차자가오리」

홀린듯 긔약하신 님이시기로
행여나! 행여나! 귀를종금이
어리석다 하심은 너무로구려

문풍지 서름에 몸이 저리어
내리는 한박눈 가슴 해여저
헛보람! 헛보람! 몰랏스료만
날다려 어리석단 너무로구려

---

*『시문학』 1호, 1930.3.

1. 차자가오리 ; 찾아가오리
2. 긔약하신←기약하신 ; 기약(期約)하신
3. 님이 시기로 ; 님이시지만
4. 귀를 종금이 ; 귀를 쫑그림이, 귀를 기울이지만
5. 너무로구려 ; 너무하구려, 너무 합니다.
6. 문풍지 ; 문틈으로 들어오는 바람을 막기 위해 문짝 가에 붙인 종이.
7. 서름 ; 설움
8. 한박눈 ; 함박눈
9. 해여저 ; 헤져
10. 헛보람 ; 헛된 보람
11. 몰랏스료만 ; 모르지 않지만
12. 날다려 ; 나에게 ∞ 날가치(작품번호 43과 비교)
13. 어리석단 ; 어리석다고 (말하시는 것은)

7

눈물에 실려가면 山길로 七十里
도라보니 찬바람 무덤에 몰리네
서울이 千里로다 멀기도 하련만
눈물에 실려가면 한거름 한거름

뱃장우에 부은발 쉬일가보다
달빗으로 눈물을 말릴가보다
고요한 바다우로 노래가 떠간다
서름도 붓그려워 노래가 노래가

---

1. 도라보니 ; 돌아보니
2. 한거름 ; 한 걸음
3. 뱃장우에 ; 뱃바닥 위에

8

쓸쓸한 뫼아페 후젓이 안즈면
마음은 갈안즌 양금줄 가치
무덤의 잔듸에 얼골을 부비면
넉시는 향맑은 구슬손 가치
산골로 가노라 산골로 가노라
무덤이 그리워 산골로 가노라

---

*『시문학』1호, 1930.3.

1. 뫼아페 ; 묘(墓) 앞에. § '뫼' 는 '묘' 의 방언.
2. 후젓이 ; ∞ 호젓이. 두려운 마음과 안타까운 마음을 함께 간직한 채로 쓸쓸히.
3. 갈안즌 ; 가라앉은
4. 양금줄 ; 양금(洋琴)줄
5. 얼골 ; 얼굴
6. 넉시는 ; 넋은
7. 향맑은 구슬손 가치←행맑은 女玉像가치※
8. 향맑은 ; 매우 맑은, 티가 없이 맑은 ∞향설(香雪)
9. 구슬손 ; 옥수(玉手), 옥을 깎아 만든 조각상의 손.

9

구비진 돌담을 도라서 도라서
달아 흐른다 놀이 흐른다
하이얀 그림자
은실을 즈르르 모라서
꿈밭에 봄마음 가고가고 또간다

---

*『시문학』 2호, 1930.5 ; (『시문학』 3호(1931.10)에 수정작품 게재)

1. 구비진←구버전(3호) : 구버진(2호) ; 굽이진
2. 은실을 즈르르 모라서←은실을 모라서 모라서 ; 은실을 주루루 몰아서, 은실을 주루루 모는 것과 같이
3. 가고가고 또간다←가고 가고또간다

10

님두시고 가는길의 애끈한 마음이여
한숨쉬면 꺼질듯한 조매로운 꿈길이여
이밤은 캄캄한 어느뉘 시골인가
이슬가치 고힌눈물을 손끗으로 깨치나니

---

*『시문학』 1호, 1930.3.

1. 님두시고 ; 님을 두고, 님을 남겨두고
2. 애끈한←애ᄭᅳᆫ한 ; 안타까운
3. 꺼질듯한←ᄭᅥ질듯한
4. 조매로운 ; 안타까운, 위태로운 (∞ 조매조매하다 § '조마조마하다'는 마음에 연해 위태한 느낌이 있음을 이르는 말. ∞ 조마롭다 § '조매롭다'는 매우 조마조마하거나 조마조마한 데가 있다는 뜻이 있음)
5. 꿈길이여←ᄭᅮᆷ길이여
6. 고힌눈물을←고인눈물
7. 손끗으로←손ᄭᅳᆺ트로
8. 깨치나니←ᄭᅢ치나니 ; 깨트리니 혹은 닦아내니. ∞ 푸른 산빛을 깨치고(한용운의 「님의 침묵」)

11

허리띄 매는 시악시 마음실가치
꽃가지에 으는한 그늘이 지면
흰날의 내가슴 아즈랑이 낀다
흰날의 내가슴 아즈랑이 낀다

---

*『시문학』 2호, 1930.5.

1. 마음실가치 ; 마음씨 같이
2. 꽃가지에←꼿가지에
3. 으는한←으느ㄴ한 ; 은은한
4. 힌 날←흰날※ ; 히떠운 날. § 희떱다. '희떱다' 는 성애가 슬다시피 되어도 겉으로는 호화로운 모습을 뜻함. '희떱다' 의 준말로 '희다' 가 사용됨.

12

풀우에 매져지는 이슬을 본다
눈섭에 아롱지는 눈물을 본다
풀우엔 정긔가 꿈가치 오르고
가삼은 간곡히 입을 버린다

---

*『시문학』 1호, 1930.3.

1. 매져지는←매저지는 ; 맺혀지는
2. 눈썹에 ; 눈썹에
3. 정긔가←정기가 ; 정기(精氣)가
4. 꿈가치 오르고←숨가치 흐르고※
5. 가삼은 ; 가슴은
6. 입을 버린다 ; 입을 다문다. 말하지 않는다. 말할 필요가 없다.

13

좁은길가에 무덤이 하나
이슬에 저지우며 밤을 새인다
나는 사라져 저별이 되오리
뫼아래 누어서 희미한 별을

*『시문학』 1호, 1930.3.

1. 저지우며 ; 젖으며, 젖는 채로
2. 사라져←사라저 ; 사라져
3. 뫼아래←뫼아페※; 뫼 아래
4. 누어서 ; 누워

14

밤ㅅ사람 그립고야
말업시 거러가는 밤ㅅ사람 그립고야
보름넘은 달그리매 마음아이 서어로아
오랜밤을 나도혼자 밤ㅅ사람 그립고야

---

* 『시문학』 3호, 1931.10.

1. 밤ㅅ사람←밤사람(2행) ; 밤을 함께 지냈거나 지내고 싶은 사람.
2. 그립고야 ; 그립구나, 그리워라
3. 말업시 ; 말없이
4. 거러가는 ; 걸어가는
5. 보름넘은←보름너믄 ; 보름이 지난 뒤
6. 보름넘은 달그리매 ; 다시 보름달이 되기를 바라니
7. 마음아이 ; '마음이' 혹은 '마음 아니'의 의미로 추정됨.
8. 서어로아 ; 서어(鉏鋙)로아, 서어해서. § '서어하다'는 1) 의견이 아니 맞아 뜻대로 되지를 아니하다. 2) 서름서름하여 탐탁치 못함의 뜻이 있음. ∞ 서어한(작품번호 42) ∞ 서어하나마(작품번호 83). 쓸쓸하다. 좋지않다.

15

숩향긔 숨길을 가로막엇소
발끝에 구슬이 깨이여지고
달따라 들길을 거러다니다
하롯밤 여름을 새워버렷소

---

1. 숩 ; '숲' 의 방언.
2. 숨길 ; 숨통
3. 가로막엇소 ; 가로막었오
4. 깨이여지고 ; 깨여지고
5. 하롯밤 ; 하룻밤
6. 새워버렷소 ; 새어버렸소

16

져녁때
붓잡지
누구라
눈물을

져녁때
못하야
부러주신
눈물을

외로운 마음
거러다님을
바람이기로
빼아서가오

---

*『시문학』 1호, 1930.3.

1. 져녁때←저녁ㅅ대 ; '저녁때' 의 방언
2. 붓잡지 ; 붙잡지
3. 거러다님을 ; 걸어 다님을, 방황함을
4. 부러주신 ; 불어주신
5. 바람이기로 ; 바람이기에
6. 빼아서가오←ㅆㅐ아서가오 ; 뺏어가오, 혹은 (눈물)나게 하는가

17

문허진 성터에 바람이 세나니
가을은 쓸쓸한 맛 뿐이구려
히끝히끝 산국화 나붓기면서
가을은 애닯다 소색이느뇨

＊『시문학』 1호, 1930.3.

1. 문허진 ; 무너진
2. 세나니 ; 세어서, 세기 때문에
3. 뿐이구려←뿐이구려 ; 뿐이구나
4. 히끝히끝←휫긋휫긋 ; 희끗희끗
5. 나붓기면서 ; 나부끼면서
6. 애닯다 ; 애달프다, 안타깝다
7. 소색이느뇨 ; 속삭이는가

18

산ㅅ골을 노리터로 커난시악시
가슴속은 구슬가치 맑으련마는
바라뵈는 먼곳이 그리움인지
동우인채 山길에 섯기도하네

---

*『문학』 1호, 1933.12

1. 산ㅅ골을←山골
2. 노리터로 ; 놀이터로
3. 커난시악시←커난 새악시※ ; 커온, 큰 색시
4. 맑으련마는←맑으련만은 ; 맑지만, (분명) 맑겠지만
5. 바라뵈는 ; 바라보이는
6. 동우 ; '동이'의 방언. § '동이'는 모양이 둥글고 배가 부르며 아가리가 넓으며, 양 옆에 손잡이가 있는 그릇. 물을 긷는 데에 흔히 쓰임.
7. 섯기도하네 ; 서기도 하네, 서 있기도 하네

19

그색시 서럽다 그얼골 그동자가
가을하날가에 도는 바람슷긴 구름조각
핼슥하고 서느라워 어대로 떠갓스랴
그색시 서럽다 옛날의 옛날의

---

1. 그 동자가 ; 그 (눈)동자가
2. 하날가 ; 하늘가, 하늘의 가. § '가' 는 바닥의 복판으로부터 바깥쪽으로 향하여 끝진 곳. 또는 그 끝진 곳의 안팎.
3. 바람슷긴 ; 바람에 씻긴, 바람맞고 있는. § '슷기다' 는 '씻다' 의 옛말(拭; 스슬 말). '씻다' 라는 말에는 1) 물로 더러운 것을 없이 하다. 2) 물건에 묻은 것을 없어지게 닦아내다. 3) 누명을 벗다. 등의 뜻이 있음.
4. 핼슥하고 ; 해쓱하고, 핼쑥하고
5. 서느라워 ; 서늘하여, 서늘하게

20

바람에 나붓기는 깔닙
여을에 희롱하는 깔닙
알만 모를만 숨쉬고 눈물매즌
내 청춘의 어느날 서러운 손ㅅ짓이여

---

*『시문학』 3호, 1931.10.

1. 나붓기는 ; 나부끼는
2. 깔닙←깔닢 ; '갈댓잎' 의 방언.
3. 여을에 ; 여울을. '여을' 은 '여울' 의 방언. ('바람에' 와 운을 맞추려함)
4. 알만 모를만 ; 알 듯 모를 듯
5. 눈물매즌 ; 눈물 맺은, 눈물 맺힌
6. 손ㅅ짓이여←손짓이여

21

뻘은 가슴을 훤히 벗고
개풀 수집어 고개숙이네
한낮에 배란놈이 저가슴 만졌고나
뻘건 맨발로는 나도작고 간지럽고나

---

*『시문학』 3호, 1931.10.

1. 훤히←훤이 ; 훤히
2. 개풀 ; 갯가에 나는 풀.
3. 수집어←수지버 ; 수줍어
4. 고개숙이네←고개수기네 ; 고개 숙이네
5. 만졌고나←만젓고나 ; 만졌구나
6. 뻘건 ; 붉은, (몸의 일부분을) 드러낸
7. 나도작고 ; 나도 자꾸
8. 간지럽고나 ; 간지럽구나

22

다정히도 부려오는 바람이길내
내숨결 가부엽게 실어보냇지
하날갓을 스치고 휘도는바람
어이면 한숨만 모라다 주오

---

*『시문학』 2호, 1930.5.

1. 다졍히도←다정히도 ; 다정하게
2. 부러오는 ; 불어오는
3. 바람이길내←바람이길래 ; 바람이라서
4. 가부엽게←가부엽거(●) ; 가볍게
5. 실어보냇지 ; 실어 보냈지
6. 하날갓을←하날끗을 ; 하늘가를
7. 어이면 ; 어이해서
8. 모라다 주오 ; 몰아다 주오, 되돌려 주오

23

떠날려가는 마음의 포렴한 길을
꿈이런가 눈감고 헤아리려니
가슴에 선뜻 빛갈이 돌아
생각을 끈으며 눈물 고이며

---

1. 떠날려가는 ; 떠날라가는, 흘러만 가는. § '떠날라가다' 는 '떠내려가다' 의 방언.
2. 포렴한 ; 포렴(布簾)한. § '포렴' 은 '복덕방이나 술집 따위의 문에 늘인 벳조각' 을 뜻함. 여기에서는 길 위에 포장, 장식했다는 뜻임.
3. 끈으며 ; 끊으며. ∞ 생각을 끊으며 ; 생각이 끊어지며 ; 갑자기 생각이 일어나서

24

그밧게 더아실이 안게실거나
그이의 저진옷깃 눈물이라고
빛나는 별아래 애닯은 입김이
이슬로 매치고 매치엿슴을

---

* 『문학』 1호, 1933.12.

1. 그밧게←그밖에 ; 그밖에
2. 안게실거나 ; 안계실거나, 계시지 않겠는가
3. 저진옷깃←젖은 옷깃 ; 젖은 옷깃
4. 애닯은←애달븐 ; 애달픈, 안쓰러운
5. 매치고 ; 맺히고
6. 매치엿음 ; 맺혔음, 맺힘

25

뵈지도 안는 입김의 가는실마리
새파란 하날끝에 오름과 가치
대숲의 숨은마음 기혀 차즈려
삶은 오로지 바늘끝 가치

---

*『시문학』 1호, 1930.3.

1. 뵈지도 안는 ; 보이지도 않는
2. 하날끝에←하날ㅅ테 ; 하늘 끝에. 하늘가에.
3. 대숲←대숩 ; 대나무 숲
4. 기혀 ; 기어이
5. 차즈려 ; 찾으려
6. 바늘끝←바늘ㅅ긋 ; 바늘 끝

26

사랑은 기프기 푸른하날
맹세는 가볍기 흰구름쪽
그구름 사라진다 서럽지는 안으나
그하날 큰조화 못믿지는 안으나

---

*『문학』 1호, 1933.12.

1. 기프기←깊으기 ; 깊기가, 깊기는
2. 안으나←않으나 ; 않지만 ☞『영랑시선』 수록이 제외됨.

27

미움이란 말속에 보기실흔 아픔
미움이란 말속에 하잔한 뉘칩
그러나 그말삼 씹히고 씹힐때
한거풀 넘치여 흐르는 눈물

---

1. 보기실흔 ; 보기 싫은
2. 하잔한 ; 하찮은, 쓸모없는(작품번호 48. 「강선대 돌바늘끝에」에서도 사용됨)
3. 뉘침 ; 뉘우침
4. 말삼 ; 말씀
5. 씹히고 씹힐 때 ; 씹고 또 씹을 때, 되뇔 때
6. 거풀 ; 꺼풀, (눈)꺼풀
7. 넘치여 ; 넘쳐서

28

눈물속 빛나는보람과 우슴속 어둔슬픔은
오직 가을하날에 떠도는 구름
다만 후젓하고 줄대업는마음만 예나이제나
외론밤 바람슷긴 찬별을 보랏습니다

*『시문학』 3호, 1931.10.

1. 빛나는←빗나는
2. 어둔 ; 어두운, 검은 빛을 띤
3. 구름←구름! ※
4. 후젓하고←후젓하고 ; 후젓하고, 두려운 마음과 안타까운 마음을 함께 간직한 채로 쓸쓸하게. '호젓하고'의 큰 모양새.
5. 줄대업는←줄데업는 ; 줄 데 없는, 줄 곳 없는
6. 예니이제나 ; 옛날이나 지금이나
7. 외론 밤 ; 외로운 밤
8. 바람슷긴 ; 바람에 씻긴, 바람 맞고 있는
9. 찬별 ; 차가운 밤하늘의 별.
10. 보랏습니다←보랏습니다 ; 바라봅니다. § '보랏다'는 '바라보다'의 전남방언.

29

밤이면 고총아래 고개숙이고
낮이면 하날보고 우슴 좀 웃고
너룬 들 쓸쓸하야 외롭 할미꽃
아모도 몰래 지는 새벽 지친별

---

*『문학』 1호, 1933.12.

1. 고총 ; 고총(古冢), 오래된 무덤.
2. 너룬 ; '넓은' 의 방언
3. 아모도 ; 아무도
4. 지친별 ; 지친 별, 지쳐 보이는 별.

30

뷘 포케트에 손찌르고 폴·뻬를레—느 찾는날
왼몸은 흐렁흐렁 눈물도 찟금 나누나
오! 비가 이리 쭐쭐쭐 나리는 날은
서른소리 한千마대 썻스면 시퍼라

＊『시문학』 3호, 1931.10.

1. 뷘 ; 빈
2. 포케트 ; 포켓(pocket)
3. 폴-뻬를레-느 ; 폴 베를렌(Paul Marie Verlaine : 1844-1896) 프랑스의 대표적인 상징주의 시인.
4. 왼몸은 ; 온몸은
5. 흐렁흐렁 ; 글썽글썽, 눈물이 나는 모양.
6. 찟금←찌끔 ; 찔끔
7. 쭐쭐쭐←쑬쑬쑬
8. 서른소리←서런 소리 ; 서러운 소리, 서러운 심정을
9. 한千마대 ; 한 천 마디, 천 마디 가량
10. 썻스면 시퍼라← 썻스면 시퍼리 ; 썼으면 싶어라

31

쉬 꼭조만 마조 호동글 사라지면
목속의 구슬을 물속에 버리려니
해와가치 떳다지는 구름속 종달은
내일 또 새론 섬 새구슬 먹음고오리

---

*『문학』1호, 1933.12.

1. 호동글 ; 호동지게, 흔들리며 재미있게
2. 목속의 구슬 ; ∞ 은쟁반에 옥구슬이 구르듯이
3. 떳다지는 ; 떴다가 지는
4. 머금고오리 , 머금고 오리, 머금고 올 것이나

32

향내 업다고 버리실나면
내목숨 꺽지나 마르시오
외로운 들꼿은 들가에 시들어
철업는 그이의 발끝에 조을걸

---

*『시문학』 2호, 1930.5.

1. 향내 ; 향냄새
2. 업다고 ; 없다고
3. 버리실나면 ; 버리시려면, 버릴거라면
4. 마르시오 ; 마시오
5. 들꼿 ; 들꽃. '꼿' 은 '꽃' 의 방언.
6. 시들어←시드러
7. 철업는 ; 철없는
8. 발끝에←발끄테
9. 조을걸 ; 졸고 있을 것을, 졸고 싶구나, (발끝에라도 있는 것을) 좋아한다(중의적 표현).

33

어덕에 누어 바다를 보면
빛나는 잔물결 헤일수 업지만
눈만 감으면 떠오는 얼골
뵈올적마다 꼭 한분이구려

---

*『시문학』 2호, 1930.5.

1. 빛나는←빗나는
2. 헤일수 ; 헤아릴 수
3. 뵈올적마다←뵈올적마다 ; 볼 적마다, 볼 때마다

34

푸른향물 흘려버린 어덕우에
내마음 하루사리 나래로다
보실보실 가을눈(眼)이 그나래를 치며
허공의 소색임을 드르라 한다

---

*『시문학』 1호, 1930.3.

1. 하루사리 ; 하루살이
2. 나래로다 ; 날갯짓에 불과하다
3. 가을눈(眼)이←가을눈이※ ∞ 하늘눈
4. 그나래를 치며←나래를치며※
5. 소색임을 ; 속삭임을
6. 드르라 한다 ; 들으라고 한다

35

빠른 쳘로에 조는 손님아
이 시골 이뎡거장 행여 이즐나
한가하고 그립고 쓸쓸한 시골사람의
드나드는 이뎡거장 행여 이즐나

---

*『문학』 1호, 1933.12.

1. 이뎡거장←이 정거장 ; 이 정거장
2. 이즐나←잊을나 ; 잊을까봐 ☞『영랑시선』 수록이 제외됨.

36

생각하면 붓그려운 일이여라
석가나 예수가치 큰일을 할니라고
내가슴에 불덩이가 타오르든때
학생이란 피로ᄶᅡ인 붓그려운때

---

1. 붓그려운 ; 부끄러운
2. 할니라고 ; 하겠노라고, 하겠노라는☞『영랑시선』 수록이 제외됨.

37

왼몸을 감도는 붉은 피ㅅ줄이
꼭 감긴 눈속에 뭉치여 잇네
날낸소리 한마듸 날낸 칼하나
그피ㅅ줄 딱끈어 버릴수업나

---

1. 왼몸 ; 온 몸
2. 잇네 ; 있네
3. 날낸소리 ; 날랜 소리 ∞ 날래다. § '날래다' 는 '사람이나 동물의 움직임이 나는 듯이, 기운차고 빠르다' 는 뜻임.
4. 한마듸 ; 한 마디
5. 딱끈어 ; 딱 끊어
6. 버릴 수 업나 ; 버릴 수 없나

38

제운밤 촛불이 찌르르 녹어버린다
못견듸게 묵어운 어느별이 떠러지는가

어둑한 골목골목에 수심은 떳다 가란젓다
제운맘 이한밤이 모질기도 하온가

희부얀 조히등불 수집은 거름거리
샘물 졍히 떠붓는 안쓰려운 마음결

한해라 기리운졍을 몯고싸어 힌그릇에
그대는 이밤이라 맑으라 비사이다 (除夜)

---

*『시문학』 1호, 1930.3.

1. 제운밤 ; 제야(除夜)의 한글식 표현. 2. 찌르르←씨르르
3. 녹어버린다 ; 녹아버린다 4. 못견듸게 ; 못견디게
5. 묵어운 ; 무거운 6. 떠러지는가←써러지는가 ; 떨어지는가
7. 수심 ; 수심(愁心), 근심어린 마음 8. 떳다←쎳다 ; 떴다 9. 히부얀 ; 희부연
10. 조히등불←조이등불 ; 종이 등불, 지등(紙燈) 11. 수집은 ; 수줍은
12. 거름거리 ; 걸음걸이 13. 졍히←정히 ; 정(淨)히, 맑게
14. 떠붓는←써붓는 ; 떠 붓는 15. 기리운졍을←기리운정을 ; 그리운 정(情)을
16. 몯고싸어←뭇고싸어 ; 몯고 싸어, (줄지않게) 모으고 쌓아서 § '몯다' 는 '줄지 않다' 라는 뜻의 전남방언.

39

내옛날 온꿈이 모조리 실리어간
하날갓 닷는데 깃븜이 사신가

고요히 사라지는 구름을 바래자
헛되나 마음가는 그곳뿐이라

눈물을 삼키며 깃븜을 찾노란다
허공은 저리도 한업시 푸르름을

업듸여 눈물로 따우에 색이자
하날갓 닷는데 깃븜이 사신다

---

*『시문학』 2호, 1930.5.

1. 내옛날←사람의※
2. 실리어간←실리여간 ; 실려 간
3. 깃븜 ; 기쁨
4. 사신가 ; 사는가, 있는가
5. 바래자 ; 바라보자, 바라보았는데
6. 한업시 ; 한없이
7. 업듸여 ; 엎드려
8. 따우 ; 땅위에
9. 색이자 ; 새기자, 떨어뜨리자
10. 닷는데 ; 닿는 데, 닿는 곳에 ☞『영랑시선』 수록이 제외됨.

40

창랑에 잠방거리는 섬들을 길러
그대는 탈도업시 태연스럽다

마을을 휩쓸고 목숨 아서간
간밤 풍랑도 가소롭구나

아츰날빛에 돛 노피 달고
청산아 봐란듯 떠나가는 배

바람은 차고 물결은 치고
그대는 호령도 하실만하다

---

1. 창랑에 ; 창랑(滄浪)에, 창파에. § '창랑' 은 바다의 큰 물결.
2. 잠방거리는 ; § '잠방거리다' 는 계속해서 물속에 잠기었다 떴다 하는 모습을 가리키는 말.
3. 탈도업시 ; 탈도 없이
4. 아서간 ; 앗아간
5. 아츰날빛에 ; 아침 날빛에, 아침의 햇살에 ∞ 낮빛
6. 돛 ; 돛
7. 노피 ; 높이
8. 봐란 듯 ; 보아란 듯, 보란 듯.

아퍼누어 혼자 비노라
이대로 가진 못하느냐

비는마음 그래도 거짓잇나
사잔욕심 차거도 보나
새삽스레 잇슬리 업다
힘업고 느릿한 피ㅅ줄하나

오! 그져 이슬가치
예사 고요히 지렴으나
저긔 은행닙은 떠나른다

41

---

1. 아퍼누어 ; 아퍼 누워
2. 거짓잇나 ; 거짓이 있을까
3. 사잔 욕심 ; 살고 싶은 욕심
4. 잇슬리 ; 있을 리
5. 업다 ; 없다
6. 그져 ; 그저
7. 예사 ; 예사처럼
8. 저긔 ; 저기
9. 은행닙 ; 은행잎
10. 떠나른다 ; 떨어진다.☞『영랑시집』에 수록되었다가『신사조』(1950.1)에 대폭 수정 후에 다시 발표됨.※

42

내가슴속에 가늘한 내음
애끈히 떠도는 내음
저녁해 고요히 지는제
머ㄴ山 허리에 슬리는 보랏빛

오! 그수심뜬 보랏빛
내가 일흔 마음의 그림자
한이틀 정녈에 뚝뚝 떠러진 모란의
깃든 향취가 이가슴노코 갓슬줄이야

---

*『시문학』 2호, 1930.5.

1. 가늘한 ; 가는, 가늘게
2. 내음 ; 냄새
3. 애끈히←앳근히 ; 안쓰럽게, 안타깝게
4. 지는제 ; 질 때에
5. 슬리는 ; 걸리는, 어리는
6. 보랏빛←보라빗
7. 그수심뜬 ; 수심에 뜬, 걱정스런 마음이 얼비치는 듯한
8. 일흔 ; 잃은
9. 정녈에 ; 정열(情熱)에
10. 이가슴노코 ; 이 가슴 놓고, 이 가슴에 남겨지고
11. 갓슬줄이야 ; 갔을 줄이야

얼결에 여흰봄 흐르는 마음
헛되히 차즈랴 허덕이는 날
뻘우에 철석 개ㅅ물이 노이듯
얼컥 니ㅣ는 홋근한 내음

아! 홋근한 내음 내키다마는
서어한 가슴에 그늘이 도나니
수심뜨고 애끈하고 고요하기
山허리에 슬니는 저녁 보랏빛

---

12. 여흰봄 ; 여읜 봄. § '여희다' 는 '여의다' 의 옛말. 여읜 봄은 봄을 멀리 떠나 보냄을 의미. '여의다' 에는 '죽어서 이별하다' 의 뜻도 있음.
13. 헛되히 ; 헛되이
14. 차즈랴 ; 찾으려
15. 개ㅅ물이←갯물이
16. 노이듯 ; 놓이듯, 밀려들 듯
17. 홋근한 ; 호끈한 〈후끈한. 열이 일어서 몸이 갑자기 달아오르는 듯한.
18. 내키다마는 ; 아주 싫다고 할 수는 없지만
19. 서어한 ; 서어(鉏鋙)한.
20. 애끈하고←앳근하고
21. 슬니는(●)←슬리는(16행)

43

내마음을 아실이
내혼자ㅅ마음 날가치 아실이
그래도 어데나 계실것이면

내마음에 때때로 어리우는 티끌과
속임업는 눈물의 간곡한 방울방울
푸른밤 고히맺는 이슬가튼 보람을
보밴듯 감추엇다 내여드리지

---

*『시문학』 3호, 1931.10.

1. 아실이 ; 아는 이, 알려는 사람.
2. 날가치 ; 나처럼, 나와 같이
3. 계실것이면 ; 계실 것이면
4. 어리우는 ; 어리는, 나타나는
5. 속임업는←소김업는 ; 속임 없는
6. 간곡한 ; 마음에서 우러나오는
7. 고히맺는 ; 곱게 맺힌
8. 감추엇다 ; 감추었다

아! 그립다
내혼자ㅅ마음 날가치 아실이
꿈에나 아득히 보이는가

향맑은 옥돌에 불이달어
사랑은 타기도 하오련만
불빛에 연긴듯 희미론 마음은
사랑도 모르리 내혼자ㅅ마음은

---

9. 향맑은←행말근 ; 아주 맑은
10. 옥돌에←玉돌에 ; 옥돌, 옥석(玉石)에
11. 불이달어←불이 다러 ; 불이 붙어
12. 불빛에←불비테
13. 희미론 ; 희미한

44

바람따라 가지오고 머러지는 물소리
아조 바람가치 쉬는적도 잇섯스면
흐롬도 가득찰랑 흐르다가
더러는 그림가치 머물럿다 흘러보지
밤도 山골 쓸쓸하이 이한밤 쉬여가지
어느뉘 꿈에든셈 소리업든 못할소냐

새벽 잠ㅅ결에 언듯 들리여
내 무건머리 선듯 싯기우느니

---

*『시문학』 3호, 1931.10.

1. 바람따라←바람따다(●)
2. 머러지는 ; 멀어지는
3. 아조 ; 아주
4. 잇섯스면 ; 있었으면
5. 山골←산ㅅ골
6. 쓸쓸하이 ; 쓸쓸하여, 쓸쓸함을 빌미로
7. 어느뉘 ; 어느 누가
8. 꿈에든셈←ᄭᅮᆷ에든셈 ; 꿈(잠)속의 샘
9. 소리업든 못할소냐 ; (물)소리를 없앨 수 없느냐
10. 무건머리 ; 무거운 머리
11. 싯기우느니 ; 씻기 우는데

황금소반에 구슬이 굴렀다
오 그립고 향미론 소리야
물아 거기좀 멈췄스라 나는그윽히
저창공의 銀河萬年을 헤아려보노니

---

12. 황금소반에←黃金소반에
13. 향미론 ; 향미(香味)로운
14. 발표지와 비교하여 7,8행이 누락됨. ※ ☞『영랑시선』 수록이 제외됨.

45

모란이 피기까지는
나는 아즉 나의봄을 기둘리고 잇슬테요
모란이 뚝뚝 떠러져버린날
나는 비로소 봄을여흰 서름에 잠길테요
五月어느날 그하로 무덥든날
떠러져누은 꼿닙마져 시드러버리고는
천지에 모란은 자최도 업서지고
뻐쳐오르든 내보람 서운케 문허졋느니

---

*『문학』 2호, 1934.4.

1. 기둘리고←기둘니고 ; 기다리고
2. 잇슬테요 ; 있을 테요
3. 서름에 ; 설움에
4. 떠러져누은 ; 떨어져 누운
5. 꼿닙마져←꽃닢마져 ; 꽃잎마저
6. 시드러버리고는 ; 시들어 버리고는
7. 천지에←천디에 ; 천지(天地)에
8. 자최도 ; 자취도
9. 업서지고←없어지고
10. 뻐쳐오르든 ; 뻗쳐오르든
11. 문허졌느니 ; 무너졌느니

모란이 지고말면 그뿐 내 한해는 다 가고말아
三百예순날 하냥 섭섭해 우옵내다
모란이 피기까지는
나는 아즉 기둘리고잇슬테요 찰란한슬픔의 봄을

---

12. 하냥 ; 늘, 동안
13. 우옵내다←우옵내다. ; 울고 있습니다.
14. 아즉 ; 아직
15. 찰란한←찰난한 , 찬란(燦爛)한

46

그밤 가득한 山청기는 기척업시소슨 하얀달빛에 모다쓸리우고
한낮을 향미로우라 울리든 시내ㅅ물소리 마저 멀고그윽하야
衆香의 맑은돌에 맺은 금이슬 구을러흐트듯
아담한 꿈하나 여승의 호젓한품을 애끈히 사라젓느니

千年옛날 쫓기여간 新羅의아들이냐 그빛은 청초한 수미山나리꽃
정녕 지름길 섯드른 힌옷입은 고흔少年이
흠사 그바다에서 이바다로 고요히 떠려지는 별ㅅ살가치
옆山모룽이에 언듯 나타나 앞골시내로 삽분 사라지심

---

*『문학』 2호, 1934.4.

1. 山정기는←山정긔는 ; 산-정기(精氣)는 2. 기척업시소슨←기척업시솟은 ; 기척 없이 솟은 3. 모다쓸리우고 ; 모두 쓸려가고 4. 시내ㅅ물소리 마저←시내ㅅ물소리마져 ; 시냇물 소리마저 5. 衆香의 ; 향내가 많이 나는, 향내가 짙은. 重香의 오식인 듯. 6. 구을러흐트듯 ; 굴러서 흩어지듯 7. 호젓한←호젓한 § '호젓한' 은 '외따로 있어서 무서움을 느낄 만큼 쓸쓸함' 의 뜻이 있음. 8. 애끈히←애끊이 ; 안타깝게, 안쓰럽게 9. 수미山나리꽃 ; 수미산의 나리꽃. § 수미산(須彌山)은 불교에서 세계의 중심에 높이 솟아 있다고 하는 산. 나리꽃은 나리의 꽃으로 보통 백합화(百合花) 혹은 백합꽃으로도 불린다. 10. 정녕 ; 정녕 11. 섯드른 ; 잘못 들은 12. 별ㅅ살가치 ; 별살 같이, § '별살' 은 별의 내뻗치는 기운. 13. 언듯 ; 언뜻

승은 아까워 못견듸는양 희미해지는 꿈만 뒤조찻스나
끝업는지라 돌여 밝는날의 남모를 귀한보람을 품엇슬뿐
톳기라 사슴만 뛰여보여도 반듯이 긔려지는사나이 지낫섯느니
고흔輦의 거동이 잇슴즉한 맑고트인날 해는기우는제
승의보람은 이루웟느냐 가엽서라 미목청수한 젊은선비
앞시내ㅅ물 모히는 새파란 쏘에 몸을 던지시니라
(佛地菴은 內金剛幽寂한곳에 허무러져가는
古刹 두젊은승이 그의스님을 뫼시고잇다)

14. 뒤조찻스나←뒤쫒앗으나 ; 뒤좇았으나 15. 끝업는지라←끝없는지라 16. 돌여 ; 도리어, 오히려 17. 품엇슬뿐←품엇을뿐 ; 품었을 뿐 18. 톳기라←토끼라 19. 긔려지는사나이 ; 기려지는, 생각나는 20. 지낫섯느니←지낫엇느니 ; 지났었느니, 지나갔었느니 21. 고흔輦 ; 고은 연, 고은 수레 22. 잇슴즉한←잇음즉한 ; 있음직한 23. 가엽서라←가엾어라 24. 모히는←모이는 25. 허무러져가는←허무러(○)가는(●) 26. 불지암 ; 강원도 회양군 내금강면 장연리 마하연 동쪽에 있는 절. 표훈사에 딸린 암자로서 불지암(佛知庵) 혹은 불지암(佛池庵)이라고도 함.

47

물보면 흐르고
별보면 또렷한
마음이 어이면 늙으뇨

힌날에 한숨만
끝업시 떠돌든
시름이 가엽고 멀어라

---

1. 어이면 ; 어이해서, 왜
2. 힌날 ; 희떠운 날
3. 떠돌든 ; 떠돌던

안쓰런 눈물에안껴
흐튼닙 싸힌곳에 빗방울드듯
늣김은 후줄근히 흘려흘려가것만

그밤을 홀히안즈면
무심코 야윈볼도 만져보느니
시들고 못피인꽃 어서떠려지거라

---

4. 눈물에 안껴 ; 눈물에 안겨
5. 흐튼닙 ; 흩어진 잎, 낙엽.
6. 늣김은 ; 느낌은
7. 흘러흘러가거만 ; 흘러흘러 가건만
8. 올히안스면 ; 혼자 앉으면

48

降仙臺 돌바늘끝에
하잔한 인간 하나
그는 버ㅣ르서
불타오르는 湖水에 뛰여내려서
제몸 살웟드라면 조핫슬 인간

이제 몃해뇨
그황홀 맛나도 이몸선듯 못내던지고
그찰란 보고도 노래는영영 못부른채

---

1. 강선대 ; 강선대(降仙臺). 평안남도 덕천군과 평안북도 영변군의 사이에 솟은 묘향산의 기암. 강선대란 이름은 먼 옛날 선녀들이 이곳에 내려와서 경치를 즐겼다는 전설에서 유래한다. 서쪽 면을 제외한 3면이 깎아지른 절벽을 이루고 있다.
2. 하잔한 : 하찮은, 보잘것없는
3. 버-ㄹ서 ; 벌써
4. 살웟드라면 ; 사루었더라면, 태워버렸다면
5. 조핫슬 ; 조았을
6. 맛나도 ; 만나도

저져드는 물결과 싸우다 넘기고
시달린 마음이라 더러 눈물 매졋네
降仙臺 돌바늘끝에 벌서
불살웟서야 조핫슬 인간

7. 저져드는 ; 젖어드는
8. 매졌네 ; 맺혔네
9. 놀바늘 ; 놀바늘(석침 : 石針), 돌 끝에

49

사개틀닌 古風의퇴마루에 업는듯이안져

아즉 떠오를긔척도 업는달을 기둘린다

아모런 생각업시

아모런 뜻업시

이제 저 감나무그림지가

삿분 한치식 올마오고

이 마루우에 빛갈의방석이

보시시 깔니우면

---

1. 사개틀닌 ; 사개의 틀을 맞춘, 사개 맞춘. § '사개' 는 1) 상자 따위의 네 모퉁이를 맞출 적에 가로나무의 끝과 세로나무의 끝을 어긋맞도록 들쭉날쭉하게 파내어 들이 맞춘 짜임새. 2) 기둥 머리를 도리나 장여를 박기 위하여 네 갈래로 오리어 낸 부분을 뜻함.
2. 안져 ; 앉어
3. 긔척도 ; 기척도
4. 기둘린다 ; 기다린다
5. 사분 ; 사뿐
6. 올마오고 ; 옮아오고

나는 내하나인 외론벗

간열픈 내그림자와

발업시 몸짓업시 서로맛대고 잇스려니

이밤 옴기는 발짓이나 들려오리라

---

7. 깔니우면 ; 깔리면, 깔리게 되면
8. 외론 ; 외로운
9. 간열푼 ; 가냘픈, 가늘고 여린
10. 옴기는 , 옮기는

50

마당앞
맑은새암을 드려다본다

저 깁흔 땅밑에
사로잡힌 넉 잇서
언제나 머ㄴ 하날만
내여다보고 게심 가터

별이 총총한
맑은새암을 드려다본다

---

1. 새암 ; 샘
2. 깁흔 ; 깊은
3. 넉 ; 넋
4. 게심 가터 ; 계심 같어

저 집흔 땅속에
편히누은 넉 잇서
이밤 그눈 반작이고
그의것몸 부르심 가터

마당앒
맑은새암은 내령혼의얼골

5. 그의것몸 부르심 가터 ; 그의 겉몸을 부르심 같아, 넋의 육체를 찾는 것 같아
6. 내 령혼의 얼골 ; 내 영혼의 얼굴

51

황홀한 달빛
바다는 銀장
천지는 꿈인양
이리 고요하다

불르면 내려올듯
정뜬 달은
맑고 은은한 노래
울려날듯

---

1. 銀장 ; 은 바닥. ∞ 銀장 우에 ∞ 뱃장 우에
2. 불르면 ; 부르면
3. 정뜬 ; 정다운, 정겨운
4. 울려날듯 ; 울려줄 듯, 불러줄 듯

저 銀장우에
떠러진단들
달이야 설마
깨여질나고

떠러져보라
저달 어서 떠러저라
그홀란스럼
아름다운 텬동 지동

후젓한 三更
산우에 홀히
꿈꾸는 바다
깨울수 없다

---

5. 떠러진단들 ; 떨어진다고 해도
6. 그홀란스럼 ; 혼란스러움, 너무 어지러워서 황홀해지는
7. 텬동 지동 ; 천동(天動) 지동(地動)
8. 후젓한 ; 후젓한, 두려운 마음과 안타까운 마음을 함께 간직한 채로 쓸쓸한. '호젓한' 의 둔한 표현. § '호젓한' 은 '외따로 있어서 무서움을 느낀 만큼 쓸쓸함' 의 뜻이 있음.

52

울어 피를뱉고 뱉은피는 도루삼켜
평생을 원한과슬픔에 지친 적은새
너는 너른세상에 서름을 피로 색이려오고
네눈물은 數千세월을 끈임업시 흐려노앗다
여기는 먼 南쪽땅 너쪼껴숨음직한 외딴곳
달빛 너무도 황홀하야 후졋한 이 새벽을
송긔한 네우름 千길바다밑 고기를 놀내고
하날ㅅ가 어린별들 버르르 떨니겟고나

---

1. 도루삼켜 ; 도로 삼켜
2. 너룬 세상에 ; 넓은 세상에
3. 색이려오고 ; 새기려오고, 남기려오고
4. 끈임업시 ; 끊임없이
5. 흐려노앗다 ; 흐려놓았다
6. 너쪼겨숨음직한 ; 너 쫓겨서 숨을만한
7. 후졋한 ; 후젓한
8. 송긔한 ; 송기한, 소름이 돋게 하는
9. 떨니겠고나 ; 떨리게 하겠구나

몃해라 이三更에 빙빙 도ㅣ는 눈물을
슷지는못하고 고힌그대로 흘니웟느니
서럽고 외롭고 여윈 이몸은
퍼붓는 네 술ㅅ잔에 그만 지늘겻느니
무섬ㅅ정 드는 이새벽 가지울니는 저승의노래
저긔 城밑을 도라나가는 죽엄의 자랑찬소리여
달빛 오히려 마음어둘 저 힌등 흐늣겨가신다
오래 시들어 팔히한마음 마조 가고지워라

비탄의넉시 붉은마음만 낫낫 시들피느니
지튼봄 옥속 春香이 아니 죽엿슬나되야
옛날 王宮을 나신 나히어린 임금이
산ㅅ골에 홀히 우시다 너를 따라가섯드라니

---

10. 숫지도 못하고 ; 지우지도 못하고, 닦지도 못하고
11. 고힌 ; 고인
12. 흘리윘느니 ; 흘리었느니
13. 지늘겻느니 ; 짓눌렸느니, (∞ 지눌기다 ; '가위눌리다' 의 방언) 작품번호 78과 86에서도 사용됨.
14. 무섬ㅅ정 ; 무섬증, 무서워하는 마음, 무서운 생각이 드는 마음
15. 팔이한마음 ; 파리한 마음
16. 시들피느니 : 시든 꽃처럼 피어나니

古今島 마조보이는 南쪽바다ㅅ가 한만흔 귀향길
千里망아지 얼넝소리 쇈듯 멈추고
선비 여윈얼골 푸른물에 띄웟슬제
네 恨된우름 죽엄을 호려 불럿스리라

너 아니울어도 이세상 서럽고 쓰린것을
이른봄 수풀이 초록빛드러 물내음새 그윽하고
가는 대닙에 초생달 매달려 애틋한 밝은어둠을
너 몹시 안타가워 포실거리며 훗훗 목메엿느니
아니울고는 하마 죽어업스리 오! 不幸의넉시여
우지진 진달내 와직지우는 이三更의 네우름
희미한 줄山이 살풋 물러서고
조고만 시골이 흥청 깨여진다

(杜鵑)

17. 고금도 ; 고금도(古今島). 전라남도 완도군에 딸린 섬. 18. 한만흔 ; 한(恨) 많은 19. 얼넝소리 ; 얼렁소리. 얼렁질할 때 나는 소리. § '얼렁질' 은 실 끝에 작은 돌을 매어서 서로 걸어 당기며, 실의 질기고 약함을 겨루는 장난이나 행동. 20. 쇈듯 ; 쉰듯, 쇠(衰)한 듯 21. 띄웟슬제 ; 띄웠을 때 22. 우름 ; 울음 23. 죽엄을 ; 죽음에 24. 호려 ; 홀려 25. 불럿스리라 ; 불렀으리라 26. 초록빛드러 ; 초록빛 들어 27. 대닙에 ; 대잎에 28. 포실거리며 ; 포실 거리며 ∞ 포실하다. § '포실하다' 는 살림이 넉넉하다는 뜻. 하지만 이 시에서는 몸이 크지 않게 들썩거리는 모양을 가리키는 듯함. 29. 죽어업스리 ; 죽어 없어지리라 30. 줄山 ; 연산(連山). 산이 잇달아 있는 모습. 31. 『영랑시집』에서 이 작품에만 「두견(杜鵑)」이란 제목이 작품 끝에 달려 있음.

호르 호르르 호르르르 가을아참
취여진 청명을 마시며 거닐면
수풀이 호르르 버레가 호르르르
청명은 내머리속 가슴속을 저져들어
발끝 손끝으로 새여나가나니

온살결 터럭끗은 모다 눈이요 입이라
나는 수풀의 정을 알수잇고
버레의 예지를 알수잇다
그리하야 나도 이아참 청명의

---

1. 가을아참 ; 가을 아침
2. 취여진 ; 추지어진, 젖은(∞취어지다)
3. 청명 ; 청명(淸明). 24절기 중의 하나.
4. 가슴속을 저져들어 ; 가슴속에 젖어들어
5. 온살결 : 온 살결. § '살결' 은 살갗의 결.
6. 터럭끗 ; 터럭 끝. § '터럭' 은 길짐승이나 사람의 몸에 난 길고 굵은 털.
7. 비레 ; 벌레

가장 고읍지못한 노래ㅅ군이 된다

수풀과버레는 자고깨인 어린애
밤새여 빨고도 이슬은 남엇다
남엇거든 나를 주라
나는 이청명에도 주리나니
방에 문을달고 벽을향해 숨쉬지안엇느뇨

해ㅅ발이 처음 쏘다오아
청명은 갑작히 으리으리한 冠을 쓴다
그때에 토록 하고 동백한알은 빠지나니
오! 그빛남 그고요함

8. 고읍지못한 ; 곱지 못한
9. 남엇거든 ; 남았거든
10. 주리나니 ; 굶주리나니

간밤에 하날을쫓긴 별쌀의흐름이 저러햇다

왼소리의 앞소리오
왼빛갈의 비롯이라
이청명에 포근 취여진 내마음
감각의 낯닉은 고향을 차젓노라
평생 못떠날 내집을 드럿노라

---

11. 별쌀 ; 별살. § '별살'은 별의 내뻗치는 기운. ∞ 물살, 햇살.(작품번호 46 「청명」에서도 사용됨)
12. 비롯이라 ; 비롯됨이라, 시작이라
13. 낯닉은 ; 낯익은
14. 평생 못떠날 내집 ; 무덤, 숙음

金允植著 永郎詩集

昭和十年十月廿日印刷
昭和十年十一月五日發行

著作兼發行者 京城府積善洞一六九番地 朴龍喆

印刷所印刷人 京城府堅志洞三二番地 漢城圖書株式會社 金鎭浩

京城府積善洞一六九 **詩文學社** 發行
振替口座京城一八六〇五番

頒價壹圓 總販賣所 漢城圖書株式會社

『영랑시선』 원본

永郎詩選

金允植 著

永郎詩選

I

찬란한 슬픔

1

내가슴 속에 가늘한 내음
애끈히 떠도는 내음
저녁해 고요히 지는제
머ㄴ山 허리에 슬리는 보랏빛

오! 그수심뜬 보랏빛
내가 잃은 마음의 그림자
한이를 정렬에 뚝뚝 떠러진 모란의
깃든 향취가 이가슴 놓고 갔을줄이야

---

1. 잃은←일은
2. 정렬←정녈
3. 이가슴 놓고←이가슴노코
4. 갔을줄이야←갓슬줄이야

얼결에 여흰봄 흐르는 마음
헛되히 찾으려 허덕이는 날
뻘우에 철ㅣ석 개ㅅ풀이 노히듯
얼컥 니ㅣ는 훗근한 내음

아! 훗근한 내음 내키다 마ㅣ는
서어한 가슴에 그늘이 도ㅣ나니
수심뜨고 애끈하고 고요하기
山허리에 슬리는 저녁 보랏빛

5. 허덕이는 날←허덕이는날
6. 찾으려←차즈랴
7. 철-석←철석
8. 노히듯←노이듯
9. 내키다 마-는←내키다마는
10. 도-나니←도나니
11. 슬리는←(슬니는←슬리는)(16행)

2

어덕에 바로 누어
아슬한 푸른하늘 뜻없이 바래다가
나는 이젔읍네 눈물 도는 노래를
그하늘 아슬하야 너무도 아슬하야

---

1. 푸른하늘←푸른하날(이후에 『영랑시선』에서는 '하날'을 모두 '하늘'로 표기)
2. 뜻없이←(뜻업시←쓧업시)
3. 이젔읍네←이젓습네

이몸이 시려운줄 어덕이야 아시련만
마음의 가는웃음 한때라도 없드라냐
아슬한 하늘아래 귀여운맘 질기운맘
내눈은 감기였대 감기였데

---

4. 없드라냐←업드라냐
5. 감기였데←감기엿대

3

모란이 피기까지는
나는 아즉 나의봄을 기둘리고 있을테요
모란이 뚝뚝 떠러져버린날
나는 비로소 봄을여휜 서름에 잠길테요
五月어느날 그하로 무덥든 날
떠러져 누운 꽃닢마져 시드러버리고는

---

1. 있을테요←잇슬테요
2. 꽃닢마져←(꼿닙마져←꽃닢마져)

천지에 모란은 자최도 없어지고
뻐쳐오르든 내보람 서운케 문허졌느니
모란이 지고말면 그뿐 내 한해는 다 가고말
三百예순날 한양 섭섭해 우옵내다
모란이 피기까지는
나는 아즉 기둘리고있을테요 찬란한슬픔의 봄

---

3. 없어지고←(업서지고←없어지고)
4. 한양←하낭

4

들길은 마을에 들자 붉어지고
마을골목은 들로 내려서자 푸르러진다
바람은 넘실 千이랑 萬이랑
이랑 이랑 햇빛이 갈라지고
보리도 허리통이 부끄럽게 드러났다
꾀꼬리는 엽태 혼자 날아볼줄 모르나니

---

*『문장』 1권6호, 1939.7

1. 푸르러진다←푸르러졌다※
2. 드러났다←들어났다
3. 엽태 ; 아직까지

암컷이라 쫓길뿐
수놈이라 쫓을뿐
황금 빛난 길이 어지럴뿐
얇은 단장하고 아양 가득 차있는
山봉우리야 오늘밤 너 어듸로 가버리련?

---

4. 어지럴뿐 ; 어지러울 뿐,
5. 어듸로←어디로

5

비개인 五月아침
훌란스런 꾀꼬리 소리
燦嚴한 해ㅅ살 퍼저오릅내다

---

*『문예』 1권 2호, 1949.2.

1. 五月아침←오월아츰
2. 燦嚴한 해ㅅ살 퍼저오릅내다←---燦嚴한 햇살 퍼저 오름내다.

어슬비 새벽을 적시울 지음
두견의 가슴찢는소리 피어린 흐느낌
한그룻 옛날香薰이 어찌
이맘 홍근 안 저졌으리오 만은

이아침 새빛에 하늘대는 어린속닢들 저리 부드러웁고
그보금자리에 찌찌찌 소리내는 잘새의 발목은 포실거리어
접힌마음 구긴생각 이제 다 어루만저졌나보오
꾀꼬리는 다시 蒼空을 흔드오
자랑찬 새하늘을 사치스레 만드오

---

3. 옛날香薰이 어찌←옛날 香薰, 엇지
4. 홍근 ; 홍건히
5. 안 저졌으리오 만은←안저젓스리오만은 ; 젖었다.
6. 어루만저졌나보오←어루만저젓나보오
7. 꾀꼬리는←꾀꼬리ㅇ는(●)
8. 새하늘을←새 하늘

麝香 냄새도 이저버렸대서야
不惑이 자랑이 아니되오
아침꾀꼬리에 안불리는 魂이야
새벽두견이 못잡는 마음이야
한낮이 靜謐하단들 또 무얼하오
저 꾀꼬리 무던히 少年인가 보
새벽두견이야 오—랜 中年이고
내사 不惑을 자랑튼 사람

9. 麝香 냄새도←몰핀 냄새도. § 사향(麝香) ; 사향노루 수컷의 하복부에 달걀 크기의 향낭을 말린 것으로, 향수의 원료 및 의약품으로 사용.

10. 아니되오←되지않소

6

구버진 돌담을 도라서 도라서
달이 흐른다 놀이 흐른다
하이얀 그림자
은실을 즈르르 모라서
꿈밭에 봄마음 가고가고 또간다

---

1. 구버진←(구비진←구버진)

7

창랑에 잠방거리는 흰물새러냐
그대는 탈도 없이 태연스럽다

마을 휩쓸고 목숨 아서간
간밤 풍랑도 가소롭구나

---

1. 흰물새러냐←섬들을 길러※
2. 없이←업시
3. 마을←마음을※

아침날빛에 돛 노피 달고
청산아 보아라 떠나가는 배

바람은 차고 물결은 치고
그대는 호령도 하실만하다

---

4. 아침날빛에←아츰날빛에
5. 돛←돗
6. 보아라←봐란 듯※

8

물보면 흐르고
별보면 또렷한
마음이 어이면 늙으뇨

흰날에 한숨만
끝없이 떠돌든
시절이 가엽고 멀어라

---

1. 흰날에←힌날에
2. 끝없이←끝업시

안쓰런 눈물에안겨
흐튼닢 싸힌곳에 빗방울또듯
느낌은 후줄근히 흘러흘러가것만

그밤을 홀히앉으면
무심코 야원볼도 만저보느니
시들고 못퓌인꽃 어서떠러지거라

---

3. 흐튼닢←흐튼닙
4. 느낌은←늦김은
5. 앉으면←안즈면
6. 못퓌인꽃←못피인꽃※

9

견아한 낮의 소란소리 풍겼는듸
금시 퇴락 하는양
묵은 壁紙의 내음 그윽하고
저쯤 예사 걸려있을 희멀끔한 달
한자락 펴진 구름도 못 마려놓는 바람이어니

---

*『민성』 5권8호, 1949.8.

1. 마려놓은←말어놓은 ; 말아 놓은

묵근히 옴겨딛는 밤의 검은발짓 만
고되인 넋을 짓밟누나
아! 몇날을 더 몇날을
뛰어본다리 날려본다리
허잔한 風景을 앓고 고요히 선다

---

2. 옴겨딛는←옮겨 딛는

10

빛갈 환히
동창에 떠오름을 기둘리신가
아흐레 어린 달이
부름도 없이 홀로 났네

---

*『여성』 4권4호, 1939.4.

1. 환히←환--희
2. 동창에←東窓에
3. 기둘리신가←기두리신가 ; 기다리고 계신가
4. 홀로 났네←홀로 났소

月出東嶺!
팔도사람 다 마지하소
기척없이 따르는 마음
그대나 홀히 짜안어주오

---

5. 月出東嶺 !←月出 東嶺
6. 팔도사람 다 마지하오←八道사람 마지하오※ ; 팔도사람 맞이하오.
7. 기척없이←긔척없이 ; 기척 없이
8. 홀히←고히※

11

내마음을 아실 이
내혼자마음 날같이 아실 이
그래도 어데나 계실것이면

내마음에 때때로 어리우는 티끌과
속임없는 눈물의 간곡한 방울방울
푸른밤 고히맺는 이슬같은 보람을
보밴듯 감추었다 내여드리지

---

1. 내혼자마음←내혼자ㅅ마음
2. 날같이←날가치
3. 속임없는←(속임업는←소김업는)
4. 이슬같은←이슬가튼
5. 감추었다←감추엇다

아! 그립다
내혼자마음 날같이 아실 이
꿈에나 아득히 보이는가

향맑은 옥돌에 불이달어
사랑은 타기도 하오련만
불빛에 연긴듯 히미론 마음은
사랑도 모르리 내혼자 마음은

6. 히미론←희미론

12

뉘 눈결에 쏘이었오
원통 수집어진 저 하늘빛
담안에 복숭아 꽃이 붉고
박게 봄은 벌서 재앙스럾오

---

1. 쏘이었오←쏘이엿소
2. 봉숭아 꽃이←복숭아꽃이(●)※
3. 박게←밧게 ; 밖에
4. 재앙스럾오←재앙스럽소

펴끄리 단두리 단두리로다
빈 골ㅅ작도 부끄러워
홀란스란 노래로 힌구름 피여올리나
그속에 든 꿈이 더 재앙스럾오

---

5. 부끄러워←붓그려워
6. 홀란스란←홀란스런

13

그대! 내 홋진 노래를 드르실까
꽃은 까득피고 벌때 닝닝거리고

그대 내 그늘 없는 소리를 드르실까
안개 자욱히 푸른골을 다 덮었네

---

*『여성』 5권 6호, 1940.6.

1. 까득피고←가득ᄻᅵ고 ; 가득피고
2. 그늘 없는←그늘업는
3. 덮었네←덥헛네

그대 내 홍 안 이는 노래를 드르실까
봄물결은 웨 이는지 출렁거린듸

내 소리는 퀘벗어 봄철이 실타리
호젓한소리 가다가는 씁슬한소리

어슨달밤 빩안 동백꽃 쥐어따서
마음씨 냥 꽁꽁 쭈무러 버리네

---

4. 홍 안 이는 노래를←홍안니는노래를
5. 출렁거린듸←출렁거리네
6. 마음씨 냥←마음씨 양

14

돌담에 소색이는 햇발같이
풀아래 웃음짓는 샘물같이
내마음 고요히 고흔봄 길우에
오날하로 하날을 우러르고싶다

---

1. 웃음짓는←우숨짓는 ; 웃음 짓는
2. 우러르고싶다←(우러르고십다←우러르고십다.)

새악시 볼에 떠오는 부끄럼같이
詩의가슴을 살프시 젓는 물결같이
보드레한 애메랄드 얄게 흐르는
실비단 하날을 바라보고싶다

3. 부끄럼같이←붓그럼가치
4. 젖는←젓는(※) ; 적시는
5. 애메랄느←에메랄드

15

내마음의 어듼듯 한편에 끝없는
강물이 흐르네
도처오르는 아침날빛이 뻔질한
은결을 도또네

---

1. 끝없는←(끗업는←긋 업는)
2. 아침날빛←아츰날빗
3. 뻔질한←(빤질한←싼질한)※

가슴엔듯 눈엔듯 또 피ㅅ줄엔듯
마음이 도른도른 숨어있는곳
내마음의 어딘듯 한편에 끝없는
강물이 흐르네

---

4. 숨어있는곳←숨어잇는곳

16

수풀 아래 작은 샘
언제나 흰구름 떠가는 높은하늘만 내어다보는
수풀 속의 맑은 샘
넓은하늘의 수만별을 그대로 총총 가슴에 박은 작은 샘
드래박을 쏘다져 동우갔을 깨지는 찰란한 떼별의 흣는소리
얼켜져 잠긴 구슬손결이
웬 별나라 휘흔들어버리어도 맑은 샘

---

*『영랑시선』에만 발표된 작품임.

1. 드래박을 : 두레박을
2. 쏘다져 ; 쏟아져
3. 동우갔을 깨지는 ; 동이 갓을 깨뜨리는
4. 흣는소리 ; 흩어지는 소리
5. 얼켜져 ; 얽혀져
6. 구슬손결이 ; 옥수(玉手)같은 손결이
7. 웬 ; 맨, 모든
8. 휘흔들어버리어도 ; 뒤흔들어버리어도, 세게 흔들어버리어도

해도 저물녁 그대 종종거름 휜듯 다녀갈뿐
그밤 또 그대 날과 샘과 셋이 도른도른
무슨 그리 향그런 이야기 날을 세었나
샘은 애끈한 젊은꿈 이제도 그저 지녔으리
이밤 내 흔자 나려가볼꺼나 나려가볼꺼나

---

9. 종종거름 ; 종종걸음
10. 휜듯 ; 잠시 동안, 잠시잠깐 사이에
11. 도른도른 ; 도란도란, 다정하게(작품번호 1에도 사용됨)
12. 향그런 ; 향기로운
13. 세었나 ; 새웠나
14. 애끈한 ; 안타까운, 안쓰러운
15. 흔자 ; 혼자

17

쓸쓸한 뫼앞에 후젓히 앉으면
마음은 갈앉은 양금줄 같이
무뎜의 잔듸에 얼굴을 부비면
녁시는 향맑은 구슬손 같이

---

1. 뫼앞에←뫼아페
2. 앉으면←안즈면
3. 갈앉은←갈안즌
4. 얼굴을←얼골을

산ㅅ골로 가노라 산ㅅ골로 가노라
무덤이 그리워 산ㅅ골로 가노라

---

5. 산ㅅ골로←산골로
6. 5행과 6행의 들여쓰기 무시됨.

18

「오—매 단풍들것네」
장ㅅ광에 골붉은 감닢 날러오아
누이는 놀란듯이 치어다보며
「오—매 단풍 들것네」

---

1. 장ㅅ광←장광 ; 장독대
2. 감닢←감닙 ; 감잎

추석이 내일모레 기둘니리
바람이 자지어서 걱정이리
누이의 마음아 나를보아라
「오-매 단풍 들것네」

9. 걱정이리←(걱정이리←걱징이리)

19

호르 호르르 호르르르 가을아침
취여진 청명을 마시며 거닐면
수풀이 호르르 벼레가 호르르르
청명은 내머리속 가슴속을 저져들어
발끝 손끝으로 새여나가나니

온살결 터럭끗은 모다 눈이요 입이라
나는 수풀의 정을 알수있고
버레의 예지를 알수있다
그리하여 나도 이아침 청명의
가장 고웁지못한 노래ㅅ군이 된다

수풀과버레는 자고깨인 어린애라
밤 새여 빨고도 이슬은 남었다
남었거든 나를 주라
나는 이청명에도 주리나니
방에 문을닫고 벽을향해 숨쉬지않었느뇨

햇발이 처음 쏘다지면
청명은 갑작히 으리으리한 冠을쓰고
토르록 실으르 동백한알은 빠지나니

1. 토르록 실으르←그때에 토록 하고※

오! 그빛남 그고요함
간밤에 하날을 쫓긴 별살의흐름이 저러했다

왼소리의 앒소리요
왼빛갈의 비롯이라
이청명에 폭은 취여진 내마음
감각의 시원한골에 돋은 한낫 풀닢이라
평생을 이슬밑에 자리잡은 한낫 버려지로라

---

2. 감각의 시원한 골에 돋은 한낫 풀닢이라←감각의 낯닉은 고향을 차젓노라※
3. 평생을 이슬밑에 자리잡은 한낫 버려지로라←평생 못떠날 내집을 드럿노라※

20

가을날 땅검이 아름풋한 흐름 우를
고요히 실리우다 훤뜻 스러지는 것
잊은 봄 보랏빛의 낡은 내음이뇨
임으 사라진 千里밖의 山울림
오랜세월 시닷긴 으스름한 파스텔

---

*『신천지』 3권9호, 1948.10.

1. 훤뜻←훤 듯
2. 잊은 봄←잊으봄※
3. 시닷긴←싀닷긴

애닯은듯 한
좀 서러운듯 한

오! 모도다 못도라오는
먼—지난날의 놓친마음

---

4. 좀 서러운듯←좀서러운 듯
5. 오! 모도다←오…모도다
6. 놓친마음←놓인마음※

21

내집 아니라
늬집 이라
나르다 얼는 도라오라
처마 欄干이
늬믈 가여운 소색임을 知音터라

---

*『인문평론』 11호, 1940.8.

내집 아니라
늬집 이라
아배 간뒤 머언날
아들 손자 잠도 깨우리
문틈사이 늬는 몇代체 서뤄 우느뇨

---

1. 머언날←머난날

내집 아니라
늬집 이라
하늘 날호든 銀杏닢이
좁은 마루구석에 품인듯 안겨든다
太古로 맑은바람이 거기 사렸니라

오! 내집이라
열해요 수무해를
앉었다 누었달뿐

---

2. 하늘 날호든 銀杏닢이←은행닢이 나른갑드니※
3. 스무해를←수무해를
4. 앉었다 누었달뿐←안젓다 누엇달뿐

문밖에 바쁜 손이
길 잘못드려 날 찾어오고
손때 살내음도 저뤘을 欄干이
흖이 나를 않고 한가 하다
한두쪽 흰구름도 사려지는듸
한두엇 저질러논 부끄러운짓
파아란 하늘처름 아슨풀하다

5. 바쁜←밧분
6. 찾어오고←차저오고
7. 저뤘을←저뤗슬 ; 절었을
8. 흖이←흔히
9. 한가 하다←먼산 판다※
10. 흰구름도←흰구름이※
11. 저질러논 부끄러운짓←저즈른 녯일이※
12. 하늘처름 아슨풀하나←하늘 반히 아슬하다※

22

내옛날 온꿈이 모조리 실리어간
하ᄂᆞᆯ갓 닷는데 기쁨이 사신가

고요히 사라지는 구름을 바래자
헛되나 마음가는 그곳 뿐이라

눈물을 삼키며 기쁨을 찾노란다
허공은 저리도 한없이 프르름을

업되어 눈물로 따우에 색이자
하늘갓 닷는데 기쁨이 자신다

---

1. 기쁨을←깃븜을
2. 한없이←한업시
3. 프르름을←푸르름을 ; 푸름을

23

내 어린날!
아슬한 하늘에 뜬 연같이
바람에 깜박이는 연실같이
내 어린날! 아슨풀 하다

하늘은 파ㅣ랗고 끝없고
편편한 연실은 조매롭고
오! 힌연 그새에 높이
아실아실 떠놀다 내어린날!

---

*『여성』 4권5호, 1939.5.

1. 편편한←평평한※

바람이려 끊어지든날
엄마 아빠 부르고 울다
히끗 히끗한 실낫이 서러워
아침 저녁 나무밑에 울다

오! 내 어린날 하얀옷 입고
외로히 자랐다 하얀 넋 담ㅅ고
조마조마 길가에 붉은발자옥
자옥마다 눈물이 고이였었다

---

2. 끊어지든날←끊어갔더면※
3. 아빠 부르고 울다←압바 날어찌 찾어※
4. 실낫이 서러워←실낫 믿고※
5. 아침 저녁 나무밑에 울다←어린 압바 피리를 불다※
6. 담ㅅ고←담고

24

좁평나무 높은가지끝에 열킨 다아 해진
흰 실낫을 남은 몰라도
보름전에 산을넘어 멀리가버린 내연의
한알 남긴 서름의 첫씨
태여난뒤 처음높이 띄운보람 맛본보람
안 끈어졌드면 그럴수 없지
찬바람 쐬며 코ㅅ물 훌리며 그겨을내
그실낫 치여다보러 다녔으리

---

* 『백민』 17호, 1949.1.

1. 높은가지끝에←높흔가지끝에
2. 다아 해진←다–헤진
3. 처음높이←처음높히
4. 안 끈어졌드면←않 끈어젓드면
5. 치여다보러 다녔으리←치어다보러 다녔으니

내인생이란 그때비텀 벌서 시든상 싶어
철든 어른을 뽑내다가도 그실낫같은 病의 실마리
마음 어느한구석에 도사리고있어 얼신거리면
아이고! 모르지
불다 자는 바람 타다 꺼진 불ㅅ동
아! 인생도 겨래도 다아 멀어지든구나

---

6 그실낫같은←그 희실낫같은※
7. 불다 자는 바람 타다꺼진 불ㅅ동←불다 자는 바람 / 타다 꺼진 불똥

25

재운밤 촛불이 찌르르 녹어버린다
못견듸게 묵어운 어느별이 떠러지는가

어둑한 골목골목에 수심은 떴다 가란졌다
재운밤 이한밤이 모질기도 하옰가

1. 떴다 가란졌다←떳다 가란젓다

히부얀 조히등불 수집은 거름거리
샘물 정히 떠붓는 안쓰러운 마음결
한해라 긔리운 졍을 몽고싸어 흰그릇에
그대는 이밤이라 맑으라 비사이다

---

2. 정히←(졍히←정히)
3. 긔리유 졍을←(기리유졍을←기리유정을)
4. 몽고싸어←(몯고싸어←못고싸어)

26

바람이 부는대로 차저가오리
흘린듯 기약하신 님이시기로
행여나! 행여나! 귀를종금이
어리석다 하심은 너무로구려

---

1. 바람이 부는대로 차저가오리←「바람이 부는대로 차자가오리」(낫표(「 」)의 무시, ∞「오-매 단풍들것네」)
2. 기약하신←(긔약하신←기약하신)

문풍지 서름에 몸이 저리어
내리는 한박눈 가슴 해여저
헛보람! 헛보람! 몰랐으료만
날다려 어리석단 너무로구려

---

3. 몰랐으료만←몰랐스료만 ; 모르지는 않았겠지만

27

언땅 한길 파도 파도
광이는 앞으게 말이더라
언―대로 묻어두기 불상하기사
봄되여 녹으면 울며 보채리

---

*『영랑시선』에만 발표된 작품임.

1. 광이는 : 괭이는
2. 앞으게 : 아프게
3. 말이더라 ; 맞히더라

두자세치를 눈이 덥혀도
뿌리는 얼신 못건드려
대 죽고난 이 三月 파르스름히
풀닢은 깔리네 깔리네

---

4. 얼신 ; 얼씬
5. 풀닢은 ; 풀잎은

28

자네 소리 하게 내 북을 잡지
진양조 중머리 중중머리
엇머리 자저지다 휘모라보아

이렇게 숨결이 꼭 마저사만 이룬 일이란
人生에 흔치않어 어려운일 시원한일

소리를 떠나서야 북은 오직 가죽일뿐
헛 때리면 萬甲이도 숨을 고처질밖에

---

* 『동아일보』, 1946.12.10.

1. 잡지←치제

長短을 친다는말이 모자라오
演唱을 살리는 伴奏쯤은 지나고
북은 오히려 컨닥타ㅣ요
떠받는 名鼓인되 잔가락을 온통 잊으오
떡 궁! 動中靜이오 소란속에 고요 있어
人生이 가을같이 익어가오
자네 소리 하게 내 북을 치지

2. 지지←지제

29

바다로 가자 큰 바다로 가자
우리 인젠 큰하늘과 넓은바다를 마음대로 가져
하늘이 바다요 바다가 하늘이라
바다 하늘 모두다 가졌노라
옳다 그리하여 가슴이 뻑은치야
우리 모두다 가잤구나 큰바다로 가잤구나

---

* 『민중일보』, 1947.8.7.

우리는 바다없이 살었지야 숨마키고 살었지야
그리하여 쪼여들고 울고불고 하였지야
바다없는 항구속에 사로잡힌 몸은
살이 터저나고 뼈 튀겨나고 넋이 흐터지고
하마트면 아주 꺼꾸러져 버릴것을
오! 바다가 터지도다 큰바다가 터지도다

쪽배 타면 濟洲야 가고오고
獨木船 倭섬이사 갔다 왔지
허나 그게 바달러냐
건너뛰는 실개천이라
우리 三年 걸려도 큰 배를 짓잤구나
큰바다 넓은하늘을 우리는 가졌노라

우리 큰배타고 떠나가잤구나
滄浪을 해치고 颱風을 거더차고
하늘과 맞다은 저水平線 뚜르리라

---

1. 맞다은←맞이흔 ; 맞이은

큰 호통하고 떠나 가잤구나
바다없는 항구에 사로잡힌 마음들아
툭털고 이러서자 바다가 네 집이라

우리들 사슬버슨 넋이로다 푸러노힌 겨래로다
가슴엔 잔뜩 별을 안으렴아
손에 잡히는 엄마별 아가별
머리엔 끄득 보배를 이고 오렴
발아래 좍 깔린 산호요 진주라
바다로 가자 우리 큰 바다로 가자

2. 머리엔←머리우엔 ; 머리에는

II

四行詩

30

님두시고 가는길의 애끈한 마음이여
한숨쉬면 꺼질듯한 조매로운 꿈길이여
이밤은 캉캄한 어느뉘 시골인가
이슬같이 고흰눈물을 손끝으로 깨치나니

1. 고흰눈물←(고힌눈물←고인눈물)
2. 손끝으로←(손끗으로←손ᄯᅳ트로)

31

허리띠 매는 시악시 마음실같이
꽃가지에 은은한 그늘이 지면
흰날의 내가슴 아즈랑이 낀다
흰날의 내가슴 아즈랑이 낀다

---

1. 은은한←(으는한←으느ㄴ한)
2. 흰날←(힌 닐←흰닐)

32

풀우에 맺어지는 이슬을 본다
눈섭에 아롱지는 눈물을 본다
풀우엔 정기가 꿈같이 오르고
가슴은 간곡히 입을 버린다

---

1. 맺어지는←(매져지는←매저지는)
2. 가슴은←가삼은

33

좁은 길ㅅ가에 무덤이 하나
이슬에 저지우며 밤을 새인다
나는 사라져 저별이 되오리
뫼아레 누어서 희미한 별을

---

1. 길ㅅ가에←길가에
2. 뫼아레←(뫼아래←뫼아레)

34

밤ㅅ사람 그립고야
말없이 거러가는 밤ㅅ사람 그립고야
보름넘은 달그리매 마음아이 서어로아
오랜밤을 나도혼자 밤ㅅ사람 그립고야

---

1. 말없이←말업시

35

숲향기 숨길을
가로막었오
발끝에 구슬이
깨이어지고
달따라 들길을
거러다니다
하룻밤 여름을
새워버렸오

---

1. 숲향기←숩향긔
2. 가로막었오←가로막엇소
3. 깨이어지고←깨이여지고
4. 새워버렸오←새워버렷소

36

져녁때 저녁때 외로운 마음
붙잡지 못하야 거려다님을
누구라 부려주신 바람이끼로
눈물을 눈물을 빼아서가오

1. 저녁때←(져녁때←저녁ㅅ대)
2. 붙잡지←붓잡지

37

문허진 성터에 바람이 세나니
가을은 쓸쓸한 맛뿐이구려
희끗 희끗 산국화 나붓기면서
가을은 애닯다 소색이느뇨

1. 희끗희끗←(히끝히끝←흿긋흿긋)

38

산ㅅ골을 노리터로 커난시악시
가슴속은 구슬같이 맑으련만은
바라뵈는 먼곳이 그리움인지
동우인채 山길에 섯기도하네

---

1. 맑으련만은←(맑으련마는←맑으련만은)

39

그색시 서럽다 그얼굴 그 동자가
가을하늘 가에 도는 바람슷긴 구름조각
헬슥하고 서느러워 어대로 떠갔으랴
그색시 서럽다 옛날의 옛날의

---

1. 떠샀으랴←떠갓스랴

40

떠날려가는 마음의 파름한 길을
꿈이런가 눈감고 헤아리려니
가슴에 선뜻 빛갈이 돌아
생각을 끊으며 눈물 고이며

---

1. 파름한←포렴한※
2. 끊으며←끈으며

41

다정히도 부러오는 바람이길내
내숨결 가부엽게 실어보냈오
하늘갓을 스치고 휘도는 바람
어이면 한숨만 모타다 주오

---

1. 다정히도←(다정히도←다정히도)
2. 실어보냈오←실어보냇지※

42

뵈지도 안는 입김의 가는실마리
새파란 하늘끝에 오름과 갈이
대숩의 숨은마음 긔혀 찻으려
삶은 오로지 바늘끗 갈이

---

1. 긔혀←기혀
2. 찻으려←차즈려
3. 바늘끗←(바늘끝←바늘긋)

43

미움이란 말속에 보기싫은 아픔
미움이란 말속에 하잔한 뉘이침
그러나 그말슴 씹히고 씹힐때
한거풀 넘치여 흐르는 눈물

---

1. 싫은←실흔
2. 뉘이침←뉘침
3. 그말슴←그말삼

44

원몸을 감도는 붉은 핏줄이
꼭 감긴 눈속에 뭉치여 있네
날랜 소리 한마듸 날랜 칼 하나
그핏줄 딱 끈어 버릴수 없나

---

1. 핏줄이←피ㅅ줄이
2. 뭉치여 있네←뭉치여 잇네
3. 날랜←날낸
4. 그핏줄←그 피ㅅ줄
5. 버릴수 없나←버릴수업나

45

눈물속 빛나는보람과 웃음속 어둔슬품은
오직 가을 하늘에 떠도는 구름
다만 후졌하고 줄대없는 마음만 예나이제나
외론밤 바람슷긴 찬 별을 보랐읍니다

---

1. 어둔슬품←어둔슬픔
2. 후졌하고←(후젓하고←후젓하고)
3. 줄대없는←(줄대업는←줄데업는)
4. 보랐읍니다←(보랏슴니다←보랏습니다)

46

밤이면 고총아래 고게 숙이고
낮이면 하늘보고 웃음 좀 웃고
너룬 들 쓸쓸하야 외론할미꽃
아모도 몰래 지는 새벽 지친별

---

1. 고게←고개
2. 외론할미꽂←외론 할미꽃

47

그밖에 더아실이 안 계실거나
그이의 젖인옷깃 눈물이라고
빛나는 별아래 애닯은 입김이
이슬로 매지고 매치였음을

---

1. 그밖에←(그밧게←그밖에)
2. 매지고(●)←매치고
3. 내지였음←내지엿슴

48

빈 포케트에 손찌르고 폴·베르레느 찾는날
원몸은 흐렁흐렁 눈물로 찟끔 했노라
오! 비가 이라 쭐쭐쭐 나리는 날은
서른소리 한 千마데 외었으면 싶어라

---

1. 폴 · 베르레느←폴 · 뻬를레-느
2. 찟끔←(찟금←찌끔)
3. 찟끔 했노라←찟금 나누나※

49

향내 없다고 버리실나면
내목숨 꺼저나 마르시오
외로운 들꽃은 들가에 시들어
철없는 그이의 발끝에 조을걸

---

1. 꽃←꼿
2. 철없는←철업는

50

어덕에 누어 바다를 보면
빛나는 잔물결 헤일수없지만
눈만 감으면 떠오는 얼굴
뵈올적 마다 꼭 한분이구려

1. 없지만←업지만
2. 뵈올적마다←(뵈올적마다←뵈올적마다)

51

바람에 나붓기는 깔닢
여울에 회롱하는 깔닢
알만 모를만 숨쉬고 눈물맺은
내 청춘의 어느날 서러운 손ㅅ짓이여

---

1. 깔닢←(깔닙←깔닢)
2. 눈물맺은←눈물배즌

52

뻘은 가슴을 훤히 벗고
개풀 수집어 고개 숙이네
한낮에 배탄놈이 저가슴 만졌고나
뻘건 맨발로는 나도 작고 간지렵고나

---

1. 만졌고나←(만졌고나←만젓고나)

53

저 곡조만 마조 호동굴 사라지면
목속의 구슬을 물속에 버티며니
해와같이 떴다지는 구름속 종달은
새날 또 새론섬 새구슬 먹음고오리

---

1. 떴다지는←떳다지는
2. 새날←내일※

54

푸른향물 흘러버린 어덕우에
내마음 하루사리 나래로다
보실 보실 가을눈이 그나래를 치며
허공의 소색임을 드르라한다

---

1. 가을눈이←(가을눈(眼)이←가을눈이)

III

忘 却

55

본시 평탄했을 마음 아니로다
구지 톱질하여 산산 찢어놓았다

風景이 눈을 흘리지 못하고
사랑이 생각을 흐리지 못한다

지처 원망도 않고 산다

---

*『조광』 6권 3호, 1940.3.

1. 찢어놓았다←찌저노았다 ; 찢어놓았다
2. 않고←안코

때재 내노래는 어듸로 갔노냐
가장 거륵한것 이눈물만
아신 마음 끝네 못빼앗고
주린 마음 끄득 못배불리고
어피차 몸도 괴로워졌다
바삐 棺에 못을 다져라
아모려나 한줌 흙이 되는구나

---

3. 아신←아쉰 ; 아쉬운
4. 못배불리고←못배붉리고 ; 배 못 불리고
5. 괴로워졌다←괴로워졌다
6. 바삐←밧비 ; 바삐
7. 다져라←다저라

56

내 가슴에 毒을 찬지 오래로다
아직 아무도 害한일 없는 새로 뽑은毒
벗은 그무서운 毒 그만 흩어버리라 한다
나는 그毒이 선뜻 벗도 害할지 모른다 위협하고

毒 안차고 살어도 머지않어 너 나 마주 가버리면
億萬世代가 그 뒤로 잠잣고 흘러가고
나종에 땅덩이 모지라져 모래알이 될것임을
「虛無한듸!」 毒은 차서 무엇 하느냐고?

---

*『문장』 1권10호, 1939.11.

1. 선뜻 벗도← 벗도 선뜻※
2. 億萬世代가← 屢億千萬世代가※
3. 나종에←나중에

아! 내 세상에 태어났음을 원망 않고 보낸
어느 하루가 있었던가 「虛無한듸!」 허나
앞뒤로 덤비는 이리 승냥이 바야흐로 내마음을 노리매
내 산체 짐승의 밥이되어 찢기우고 할퀴우라 네맛긴 신세임을
나는 毒을 차고 선선히 가리라
마금날 내 외로운 魂 건지기 위하여

---

4. 있었던가←있었던가
5. 「虛無한듸!」←「허무한듸!」, ; 허무한데
6. 네맛긴←네맡긴
7. 가리라←가리라.
8. 외로운 魂 건지기 위하여←깨끗한 마음 건지기 위하야.※

57

그밤 가득한山정기는 기척없이솟은 하얀달빛에 모다쓸리우고
한낮을 향미로우라 울리든 시내ㅅ물소리마져 멀고그윽하여
衆香의맑은돌에 맺은 금이슬 구울러흐르듯
아담한 꿈하나 여승의 호젔한품을 애끊이 사라졌느니
千年옛날 쫓기여갈 新羅의아들이냐 그빛은 청초한 수미山나
정녕 지름길 섯트른 흰옷입은 고흔少年이
흡사 그바다에서 이바다로 고요히 떠러지는 별ㅅ살같이
옥山모롱이에 언듯 나타나 앞골시내로 삽분 사라지심

---

1. 기척없이솟은←(기척업시소슨←기척업시솟은)
2. 시내ㅅ물소리마져←(시내ㅅ물소리 마저←시내ㅅ물소리마져)
3. 멀고그윽하여←멀고그윽하야
4. 호젔한←(호젓한←호젓한)
5. 애끊이←(애끈히←애끊이)

숭은 아까워 못견듸는냥 희미해지는 꿈만 뒤쫓았으나
끝없는지라 돌여 밝는날의 남모를 귀한보람을 품었을뿐
토끼라 사슴만 뛰여보여도 반듯이 긔며지는 사나이 지났었느니

고혼[illegible]의 거동이 있음즉한 맑고트인날 해는 기우는제
숭의보람은 이투웠느냐 가엾어라 미목청수한 젊은선비
앞시내ㅅ물 모이는 새파란 쏘에 몸을 던지시니라

---

6. 못견듸는냥←못견듸는양
7. 뒤쫓았으나←(뒤조찻스나←뒤쫓앗으나)
8. 끝없는지라←(끝업는지라←끝없는지라)
9. 품었을뿐←(품엇슬뿐←품엇을뿐)
10. 토끼라←(톳기라←토끼라)
11. 지났었느니←(지낫섯느니←지낫엇느니)
12. 있음즉한←(잇슴즉한←잇음즉한)
13. 가엾어라←(가엽서라←가엾어라)
14. 모이는←(모히는←모이는)

58

울어 피를뱉고 뱉은피 도루삼켜
평생을 원한과슬픔에 지친 적은새
너는 너룬세상에 서름을 피로 색이러오고
네눈물은 數千세월을 끊임없이 흐려놓았다
여기는 먼南쪽땅 너 쪼겨숨음직한 외딴곳
달빛 너무도 황홀하여 후졌한 이새벽을
송기한 네우름 千길바다밑 고긔를 놀내이고
하늘ㅅ가 어린별들 버르르 떨리겠고나

---

1. 뱉은피←뱉은피는※
2. 색이러오고←색이려오고
3. 끊임없이←끈임업시
4. 흐려놓았다←흐려노앗다
5. 황홀하여←황홀하야
6. 후졌한←후졋한
7. 송기한←송긔한
8. 고긔를←고기를
9. 놀내이고←놀내고
10. 떨리겠고나←떨니겟고나

몃해라 이 三更에 빙빙 도ㅣ는 눈물을
숫지는못하고 고흔그대로 흘리웟느니
서럽고 외롭고 여윈 이몸은
꾀붓는 네 술ㅅ잔에 그만 지늘꼈느니
무섬ㅅ정 드는 이새벽 가지울리는 저승의노래
저기 城밑을 도라나가는 죽음의 자랑찬소리여
달빛 오히려 마음어둘 저 흰등 흐느껴가신다
오래 시들어 괄히한마음 마조 가고지워라

11. 지늘꼈느니←지늘겻느니
12. 저기←저긔
13. 흐늣겨가신다←흐느껴가신다
14. 넋이←넉시

비탄의넋이 붉은마음만 낮낮 시들피나니
짙은봄 옥속 春香이 아니 죽었을나뇌야
옛날 王宮을 나신 나히어린 임금이
산ㅅ골에 홀히 우시다 너를 따라가시였느니
古今島 마조보이는 南쪽바다ㅅ가 恨많은 귀양길
千里망아지 얼렁소리 쇤듯 멈추고
선비 여윈얼골 푸른물에 띄웠을제
네 恨된우름 죽엄을 호려 불렀으리라

---

15. 시들피나니←시들피느니
16. 따라가시였느니←따라가셨드라니
17. 恨많은←한만흔
18. 얼렁소리←얼넝소리
19. 쇤듯←쇈 듯
20. 띄웠을제←띄웟슬제
21. 불렀으리라←불럿스리라

녀 아니울어도 이세상 서럽고 쓰린것을
이른봄 수풀이 초록빛드러 풀 내음새 그윽하고
가는 대닢에 초생달 매달려 애틋한 밝은어둠을
너 몹시 안타가워 포실거리며 훗훗 목메었느니
아니 울고는 하마 지고없으리 오! 不幸의넋시여
우지진 진달내 와직지우는 이三更의 네 우름
희미한 줄山이 살풋 물러서고
조고만 시골이 흥청 깨여진다

---

22. 풀내음새←물내음새(●)※
23. 목메었느니←목메엿느니
24. 지고없으리←숙어업스리※

59

큰칼 쓰고 獄에 든 春香이는
제마음이 그리도 독했든가 놀래였다
성문이 부서져도 이 악물고
사또를 노려보든 교만한 눈
그는 옛날 成學士 朴彭年이
불지침에도 泰然하였음을 알었었니라
오! 一片丹心

---

*『문장』 2권 7호, 1940.7.

1. 놀래었다←놀래였다.
2. 부서저도←부서져도

원통코 독한마음 잠과꿈을 이뤘으랴
獄房 첫날밤은 길고도 무서워라
서름이 사모치고 지처 쓰러지면
南江의 외론魂은 불리여 나왔느니
論介! 어린春香을 꼭 안어
밤새워 마음과 살을 어루만지다
오! 一片丹心

3. 2, 3연은 새롭게 추가됨※

사랑이 무엇이기
貞節이 무엇이기
그때문에 꽃의春香 그만 獄死하단말가
지내 구령이 같은 卞學徒의
흉칙한 얼굴에 까물어쳐도
어린가슴 달콤히 지켜주는 도련님생각
오－ 一片丹心

4. 4연←3연※
5. 멍든자리←병든자리※
6. 마듸마듸←마디마디
7. 내렸다←버렸다
8. 선뜻←선 듯※
9. 깨어지고←깨여지고

상하고 멍든자리 마듸마듸 문지르며
눈물은 타고남은 간을 젖어 내렸다
버들닢이 창살에 선뜻 스치는 날도
또련님 말방울 소리는 아니들렸다
三更을 세오다가 그는 고만 斷腸하다
두견이 울어 두견이 울어 南原고을도 깨어지고
오! 一片丹心

짧은 겨울밤 비ㅅ바람은 우루루루
피칠해논 獄窓살을 드리 치는때
獄속엄한 寃鬼들이 구석구석에 휙휙 울어
淸節春香도 魂을 잃고 몸을 뒤여 버렸다
밤 새도록 까무러치고
해 도들적 깨어나다
오! 一片丹心

---

10. 5연←2연※
11. 피칠해논←피ㅅ칠해논
12. 치는대←치는데
13. 휙휙←휙 휙

믿고 바라고 눈앒으게 보고싶든 도련님이
죽기前에 와주셨다 春香은 살었구나
쑥대머리 귀신얼굴된 春香이 보고
李도령은 殘忍스레 우셨다 저때문의 貞節이 자랑스러워
「우리집이 팍 亡해서 上거지가 되였지야」
틀림없는 도련님 春香은 원망도 않했니라
오— 一片丹心

14. 눈앒으게←눈아프게
15. 貞節이←貞節!이※
16. 되었지야←되었노라※
17. 않했니라←안했니라

모진 春香이 그밤새벽에 또 까무러처서는
영 다시 깨어나진 못했었다 두견은 우렀건만
도련님 다시뵈어 恨을 풀었으나 살아날 가망은 아조 끈끼고
왼몸 푸른 脈도 홱 풀려 버렸을법
出道 끝에 御史는 春香의몸을 거두며 울다
「내 卞苛보다 殘忍無智하여 春香을 죽였구나」
오! 一片丹心

---

18. 까무러처서는←까무러처선
19. 살아날←살어날
20. 끊기고←끈끼고
21. 卞苛보다←卞氏보다※
22. 殘忍無智하여←殘忍無智하야

60

걷든거름 멈추고서서도 얼컥 생각키는것 죽엄이로다
그죽엄이사 서룬살적에 벌서 다 이저버리고 사라왔는듸
웬 노릇인지 요즘 작고 그죽엄 바로닥처온듯만 싶어져
항용 주춤서서 행길을 호기로히 달리는 行喪을 보랐고있느니
내 가버린뒤도 세월이야 그대로 흐르고 흘러가면 그뿐이오라
나를 안어길으든 山川도 萬年한양 그모습 아름다워라
영영 가버린 날과 이세상 아모 가겔것 없으매
다시 찾고 부를인들 있으랴 億萬永劫이 아득할뿐

---

*『신천지』 4권 8호, 1949.8.

1. 죽엄이로다←죽음이로다
2. 벌서 다←벌서다아 ; 벌써 다
3. 이저버리고←잊어버리고
4. 작고←자꼬
5. 싶어져←싶어저
6. 보랐고있느니←보랏고있느니

山川이 아름다워도 노래가 고았드래도 사랑과예술이 쓰고달곰하여도
그저 허무한노릇이여라 모든 산다는것 다 허무하오라
짧은 그동안이 행복했든들 참다웠든들 무어 얼마나 다를나드냐
다 마찬가지 아니남만 나홀려냐? 다 허무하오라

그날 빛나든 두눈 딱감기어 瞑想한대도 눈물은 흐르고
허덕이다 숨다지면 가는거지야
더구나 총칼사이 허매다 죽는 태어난 悲運의 겨레이어든
죽엄이 무서웁다 새삼스레 뉘 卑怯할소냐 만은 卑怯할소냐
죽는다—고만이라—이 허망한 생각 내마음을 웨 꼭붙잡고

---

7. 고았드레도←고앗드래도
8. 쓰고달끔하여도←쓰리고 달끔하여도 ; 쓰리고 달큼하여도
9. 행복했든들←행복햇든들
10. 참다웠든들←참다웟든들
11. 딱감기어←딱감기여
12. 겨레이어든←겨래이어든 ; 겨레이어든
13. 꼭붙잡고←꼭붓잡고

忘却하자―해본다 지난날을 아니라 닥쳐오는 내죽엄을
아! 죽엄도 忘却할수있는 것이라면
허나 어되 죽엄이사 忘却해질수 있는것이냐
길고먼 世紀는 그죽엄 다 忘却하였지만

---

14. 숙엄이사←죽음이야

跋 詞

永郎先生의 詩作品을 내가 처음으로 對한것은 아직도 내 나이 二十未滿의 少年時節「詩文學」이라는 同人誌를 通해서였다。鄭芝溶、朴龍喆氏들과같이 刊行하야 그들의 重要作品의 一部를 시른 이 劃期的인 同人誌가 韓國現代詩文學史上의 燦爛한 한 金字塔이됨은 이미 識者들의 定論하는바로서 인제 여기 재삼스럽게 再言할 必要도 없거니와 表現에對한自覺이 뚜렸이서지못했든「詩文學」以前의 詩作家들의 作品만 對하든 내눈에 그들의 形成해 놓은業績이 커다란 驚異였음은 勿論 그中에도「詩文學」誌의 序頭를 裝飾했든 永郞先生의 珠玉같은 小曲들은 오랫동안 나의 모두 외이는바 되였었다。혼자서 그외小曲을 소리내여 외이며 들길을 해매다니든 記憶 오래잖어서는 또 金東里와같은 同好者를 얻어 둘이서같이 읊조리든 記憶等이 아직도 재롭다。

그뒤 나는 다시 偶然한機會에 故 朴龍喆氏宅에서 先生을 親히 맞나게된後 以來 十八年間 先生의 거느렸든詩의 情緖와稟格은 오늘날 오히려 내 한쪽의 龜鑑이 되어있거니와 내 이제 여기 한後輩로서 이詩選集의 跋文을 草함에 當하야 先生과함께 못내 哀惜해 견딜수없는것은 살아있는 鄭芝溶氏와 도라간 故 朴龍喆氏의 일이다。두분이 다 永郞詩選의 跋文을 쓰기에는 누구보단도 適任者들이어늘 한분은 永郞의處女詩集을 꾸며놓고는 이내 幽明을 달리했고 또 한분은 같은 祖國위에 있으되 乙酉解放後 서로 뜻을 달리하고 있다。이어찌 哀惜하고 痛嘆할일이 아니냐!

永郞先生은 全羅道 康津사람。少時에 倭京에留學하야 靑山學院에서 文學을 專攻하고는 歸鄕하자 바로 鄕里의 海岸 언덕위에 蟄居하야 즐기는 音樂을듣고 詩를 創成하기에 解放의 날이 오도록 그곳을 떠나지않은분이다。그러므로 서울에서 生活을 계속해온 여러文壇人처럼 널리 알려져있지를않했다。더구나 잘해야 한해에 한두篇밖에는 産出하지않었든 그의 詩에對한 高度의 尊崇때문에 온 寡作과 謙虛의 態度는 그를 한칭 더 그렇게 만들었다。생각컨대 이것은 그 스스로가 願하였든바일것이다

그러나 寡作과 謙虛와 쩌ㅣ나리슴을通해 有名치않었든것等은 永郞詩의 價値를 적게하는 理由는 되지못한다。여기 저 日帝三十餘年間의 왼갖 有名을 廻避하고 숨어서 아나랏말의 韻律만을 고르고있든이의 選擇된 情緖들을 조용히 보라。왜 그의 存在가 現代韓國抒情詩史上의 한絕頂이었든「詩文學」派의 몇몇巨星들가운데서도 가장오래 가야하는가를 一般이 理解할때는 벌서가까워오면서 있다고 생각한다。

끝으로 이詩選를 三部로 나눈것은 年代順에依한것이 아니라 詩型 또는 內在律의 類別로가른것임을 말해둔다。이렇게 하는것이 讀者들을 위하여 오히려 便利하지않을까 생각되였기때문이다

己丑八月

徐廷柱

再版의 序에 代하여

一九五〇年 六月 二十五日 새벽을 期한 붉은 이리떼의 侵犯으로 因하여 우리들이 가질 수 있는 精神的、物質的인 生命과 財貨가 거의 다 破壞·燒滅·殺戮 되어가는 중、내 周圍에서도 적지않은 不幸이 겹쌓여 숨막히게 밀려드는 그 속에서도 眞實로 나의 心友요 同志였던 永郞 金允植兄을 잃어버린 것은 그 무엇으로도 形容할 수 없는 가장 큰 痛恨이요 衝擊이다。兄의 靈前에 엎드려 慟哭하고 痛泣함으로써 시원해질 슬픔이 아니었다。兄의 그 溫厚하고 豊滿한 모습이 검은 額面에 끼여있는 遺影에서는 어던지 성이 가시지 않은 그러한 숨가쁜 表情을 가슴에 느낄 때 더한층 痛憤하기도 하였다。그러나 우리들 사이를 엮어 매일 有形한 交慰는 이미 끊어져 버렸을 뿐、實로 虛妄以上의 아무것도 바랄 수 없는 現實 속에 窒息되었던 것이다。뒤이어 中共侵入이 빚어낸 再次 避難하는 民族的이요 世紀的인 悲劇이 나날이 이 서울 市內를 無人의 廢墟로 만들어 가고 있는 그 最後에 가까운 一九五〇年 十月 二十九日 午後、怡山兄과 더불어 沈鬱과 悲痛과 虛

無와 無表情으로 뒤덮인 明洞거리를 거닐다가 實로 偶然히도 이미 다 南下하고 남은 한구석 좁은 거리의 冊房 속에서 「永郎詩選」 두卷을 發見했던 것이다。 恰山이나 나나 다같이 一切의 藏書를 盜難 當한 뒤일 뿐 아니라, 寃魂이 되어 地下에서도 눈감을 수 없을 永郎兄을 時時로 追慕하는 우리들로서 이 詩集의 發見은 實로 故人의 謦咳에 接하는듯 반갑고 또 서글펐던 것이다。 이 한卷 詩集과 더불어 우리는 다시 南下하여 避難살이 四年、 어느 길가에 내버린 듯 묻혀져 있다는 兄의 幕所에 한번 參拜할 機會조차 갖지 못하다가 드디어 우리들은 다시 서울로 돌아와 때때로 兄이 누워 계신 쓸쓸하고 荒凉한 南山 기슭을 찾아가고 오고 하는 중、 다시 兄의 遺詩를 再版하였으면 하는 議論이 가끔 있었던 것이요、 特히 昨年 봄에는 未亡人의 傳言을 遺子들을 通하여서 듣기도 하여 이의 印刷를 推進하려고 斡旋하여왔다。 그러던 중 千萬多幸으로 一九四九年 發刊된 兄의 自選인 「永郎詩選」 紙型이 남아 있다는 말을 듣고 수소문 하여 알아 본 結果、 奇蹟처럼 大韓印刷公社 倉庫 속에서 兩次의 敵侵을 받으면서도 이것만이 그대로 고스란히 남아 있었다는 것은 하나의 天幸이 아닐 수 없는 것이다。

이제 여기서 새삼스레 兄의 詩를 論할 餘地도 必要도 없거니와 兄의 處女詩集을 一九三五年 刊行한 故 龍兒 朴龍喆兄의 精誠과 기쁨에 찬 勞苦를 回想했다。우리의 香氣은 玉돌과도 같으며 素朴하고도 絢爛한 言語美의 麗韻이 담뿍 풍겨지는 兄의 詩가 다시금 이 世上에 알려지게 되는 것을 우리 文壇뿐 아니라 將來의 많은 詩學徒를 爲하여 感激하며 기뻐 자랑하지 않을 수 없는 바이다。

이 詩選의 再版을 爲하여 直接間接으로 애써 주신 여러분과 特히 이 出版을 맡아 주신 正音社 崔暎海兄에게 感謝의 뜻을 表하여 두는 바이다。

一九五六年 一月 三十日

李 軒 求 識

차례

I 찰란한 슬픔

一九五六年 五月二五日印刷・一九五六年 五月二八日發行 〈價四〇〇圜〉

永郎詩選 金允植 著

發行人 崔暎海

印刷 協進印刷社

發行 正音社

서울市中區會賢洞一街三의二

〔登錄 第二十三號〕

원전작품

동백닙에빗나는마음

永郎

내마음의 어듼듯 한편에 끗업는 강물이 흐르네
도처오르는 아츰날빗이 빤질한 은결을 도도네
가슴엔듯 눈엔듯 또피ㅅ줄엔듯
마음이 도른도른 숨어잇는곳
내마음의 어듼듯 한편에 끗업는 강물이 흐르네

동백닙에 빗나는 마음(외12편)

*『시문학』 1호, 1930.3.

어덕에 바로누어

어덕에 바로누어
아슬한 푸른하날 뜻업시 바래다가
나는 이젓습내 눈물도는 노래를
그하날 아슬하야 너무도 아슬하야

이몸이 서러운줄 미리서 아랏거니
마음의 가는우슴 한째라도 업드라냐
아슬한 하날아래 귀여운맘 질기운맘
내눈은 감기엿대 감기엿대

누이의마음아 나를보아라

「오ー매 단풍들것내」
장광에 골불은 감닙 날려오아
누이는 놀란듯이 치어다보며
「오ー매 단풍들것내」

추석이 내일모래 기둘니리
바람이 자지어서 걱정이리
누이의 마음아 나를보아라
「오ー매 단풍들것내」

四行小曲七首

뵈지도 안는 입김의 가는 실마리
새파란 하날ᄭᅳ테 오름과가치
대숩의 숨은마음 기혀 차즈려
삶은 오로지 바늘ᄭᅳᆺ가치

※ ※

님두시고 가는길의 애ᄭᅳᆫ한 마음이여
한숨쉬면 ᄭᅥ질듯한 조매로운 숢길이여
이밤은 캄캄한 어느뉘 시골인가
이슬가치 고인눈물 손ᄭᅳ트로 ᄲᅢ치나니

※ ※

문허진 성터에 바람이 ᄲᅦ나니
가을은 쓸쓸한 맛 ᄲᅮᆫ이구려

횟긋횟긋 산국화 나붓기면서
가을은 애닯다 소색이느뇨

※ ※

커덕쎄 커덕쎄 외로운마음
붓잡지 못하야 거러다님을
누구라 부려주신 바람이기로
눈물을 눈물을 쌔아서가오

※ ※

풀우에 매저지는 이슬을본다
눈섭에 아롱지는 눈물을본다
풀우엔 정기가 꿈가치 흐르고
가삼은 간곡히 입을 버린다

※ ※

푸른 향물 흘러버린 어덕우에
내마음 하루사리 나래로다

보실 보실 가을눈이 나래를치며
허공의 소색임을 드르라한다

※ ※

좁은길가에 무덤이 하나
이슬에 꺼지우며 밤을 새인다
나는 사라져 져별이 되오리
뫼아페 누어서 희미한별을

除夜

치운밤 촛불이 씨르르 녹어버린다
못견듸게 묵어운 어느별이 떠러지는가
어둑한 골목골목에 수심은 떳다 가란졋다

졔운밤 이한밤이 모질기도 하온가

히부얀 조이등불 수집은 거름거리
샘물 정히 떠붓는 안쓰러운 마음결

한해라 기리운정을 못고 싸어 흰그릇에
그대는 이밤이라 맑으라 비사이다

쓸쓸한 뫼아페

쓸쓸한 뫼아페 후젓이 안즈면
마음은 갈안즌 양금줄가치
무덤의 잔듸에 얼골을 부비면
넉시는 행맑은 女玉像가치

산골로 가노라 산골로 가노라
무덤이 그리워 산골로 가노라

원 망

「바람이 부는대로 차자가오리」
흘린듯 기약하신 님이시기로
행여나! 행여나! 귀를 종금이
어리석다 하심은 너무로구려

문풍지 서름에 몸이 저리어
내리는 한박눈 가슴 해여저
헛보람! 헛보람! 몰랏스료만
날다려 어리석단 너무로구려

내마음고요히고흔봄길우에

永郎

돌담에 소색이는 햇발가치
풀아래 우슴짓는 샘물가치
내마음 고요히 고흔봄 길우에
오날하로 하날을 우러르고십다。

새악시볼에 떠오는 붓그럼가치
詩의가슴을 살프시 젓는 물결가치
보드레한 에메랄드 얄게 흐르는
실비단 하날을 바라보고십다

내마음고요히고흔봄길우에(외 8편)

*『시문학』 2호, 1930.5.

ᄭᅮᆷ바테 봄마음

ᄭᅮᆷ바테 봄마음 가고가고 또간다
구버진 돌담을 도라서 도라서
달이 흐른다 놀이 흐른다
하이얀 그림자 그림자
은실을 즈르르 모라서

四行小曲五首

*

허리띄 매는 시악시 마음실가치
ᄭᅩᆺ가지에 으느ㄴ한 그늘이 지면
흰날의 내가슴 아지랑이 ᄭᅵᆫ다
흰날의 내가숨 아지랑이 찐다

못오실 님이 그리웁기로
흐터진 꼿닙이 슬프렛든가
뷘손 쥐고 오신봄이 거저나 가시련만
흘러가는 눈물이면 님의마음 저지련만

*

다정히도 부러오는 바람이길래
내숨결 가부엽거 실어 보냇지
하날꼿을 스치고 휘도는 바람
어이면 한숨만 모라다 주오

*

향내 업다고 버리실나면
내목숨 꺽지나 마르시오
외로운 들꼿은 들가에 시드려

---

*『시문학』 2호, 1930.5

1. 흐터진 꼿닙이 ; 흩어진 꽃잎이
2. 슬프렛든가 ; 슬퍼 보이는가, 슬프다고 했던가
3. 뷘손 : 빈 손
4. 거저나 ; 그저, 아무런 흔적 없이
5. 저지련만 ; 적시련만

철업는 그이의 발끄테 조울걸

*

어덕에 누어 바다를 보면
빗나는 잔물결 헤일수 업지만
눈만 감으면 떠오는 얼골
뵈올적마다 짝한분이구려

가늘한 내음

내가슴속에 가늘한 내음
앳근히 떠도는 내음
저녁해 고요히 지는제
머ㄴ山 허리에 슬리는 보랏빗

오! 그수심뜬 보랏빗
내가 일흔 마음의 그림자
한이를 정녈에 뚝々 떠러진 모란의
깃든 향취가 이가슴노코 갓슬줄이야

얼결에 여흰봄 흐르는 마음
헛되히 차즈랴 허덕이는날
뻘우에 철석 갯물이 노이듯
얼컥 니ㅣ는 홋근한 내음

아! 홋근한 내음 내키다마는
서어한 가슴에 그늘이 도나니
수심뜨고 앳근하고 고요하기
山허리에 슬리는 저녁 보랏빗

하날가ㅅ다은데

사람의 온꿈이 모조리 실리여간
하날갓 닷는데 깃븜이 사신가

고요히 사라지는 구름을 바래자
헛되나 마음가는 그곳 뿐이라

눈물을 삼키며 깃븜을 찻노란다
허공은 저리도 한업시 푸르름을

업드여 눈물로 따우에 색이자
하날갓 닷는데 깃븜이 사신다

내마음을아살이

永郎

내마음을 아실이
내혼자ㅅ마음 날가치 아실이
그래도 어데나 계실것이면

내마음에 때때로 어려우는 티끌과
소김업는 눈물의 간곡한 방울방울
푸른밤 고히맺는 이슬가튼 보람을
보밴듯 감추었다 내여드리지

아! 그립다
내혼자ㅅ마음 날가치 아실이
꿈에나 아득히 보이는가

내마음을 아살이(외 6편)

*『시문학』 3호, 1931.10.

행말근 玉돌에 불이 다려
사랑은 타기도 하오련만
불비톄 연긴듯 히미론 마음은
사랑도 모르더 내혼자ㅅ 마음은

四行小曲五首

밤ㅅ사람 그립고야
말업시 거러가는 밤사람 그립고야
보름너믄 달그리매 마음아이 서어로아
오랜밤을 나도혼자 밤ㅅ사람 그립고야

*

눈물속빗나는 보람과 우슴속 어둔 슬픔은
오직 가을하날에 ᄯᅧ도는 구름!
다만 후젓하고 줄데업는 마음만 예나 이제나
외론밤 바람슷긴 찬별을 보랏습니다

뷘 포케트에 손찌르고 폴·베를레ㅡ느 찾는날
왼몸은 흐렁흐렁 눈물도 찌끔 나누나
오! 비가 이리 쭐쭐쭐 나리는 날은
서런 소릐 한千마대 썻스면 시퍼라

*

바람에 나붓기는 깔닢
여울에 희롱하는 깔닢
알만 모를만 숨쉬고 눈물매즌
내 청춘의 어느날 서러운 손짓이여

*

별은 가슴을 흰이 벗고
개풀 수지버 고개수기네
한낮에 배란놈이 저가슴 만젓고나
뺄전 맨갑토는 나도 작고 간지럽고나

시내ㅅ물소리

바람따다 가지오고 머러지는 풀소리
아조 바람가치 쉬는적도 잇섯스면
호롱도 가득찰탕 호로다가
더러는 그림가치 머물렷다 훌러보지
밤도 산ㅅ골 쓸ㅅ하이 이한밤 쉬여가지
어느뉘 꿈에든셈 소리업든 못할소냐
흰구름 발아래 피어나는 上八潭
玉皇의 오랜저듬 사모친 꿈이라니

새벽 잠ㅅ결에 언뜻 들러여
내 무전머리 선뜻 싯기우느니
黃金소반에 구슬이 굴럿다
오 그립고 향미론소리야
물아 거기좀 멈췻스라 나는그윽히
저창공의 銀河萬年을 헤아려보노니

구버전 돌담을 도라서 도라서
달이흐른다 놀이흐른다
하이얀 그림자
은실을 모라서 모라서
꿈발에 봄마음 가고 가고또간다

이詩는永郎作으로二號에發表
되엿던것이나 甚한誤植이잇
섯슴으로 여기再錄함니다。

---

*『시문학』 3호, 1931.10.(30번)

四行小曲六首

永郞

그밖에 더 아실이 안게실거나
그이의 젖은 옷깃 눈물이라고
빛나는 별아래 애달븐 입김이
이슬로 매치고 매치엿음을

★

밤이면 고총아래 고개숙이고
낮이면 하날보고 옷음 좀 옷고
너른 들 쓸쓸하야 외론 할미꽃
아모도 몰래지는 새벽 지친별

★

커곡조만 마조 호동글 사라지면
목속의 구슬늘 물속에 버리려니
해와가치 떳다지는 구름속 종달은
내일또 새론섬 새구슬 먹음고오리

★

山골을 노리러로 커난 새악시
가슴속은 구슬가치 맑으련만은
바라뵈는 먼곳이 그리움인지
동우인채 山길에 섯기도하네

사행소곡육수

* 『문학』 1호, 1934.1.

사랑은 깊으기 푸른 하날
맹세는 가볍기 힌 구름쪽
그 구름 사라진다 서럽지는 않으나
그 하날 큰 조화 못믿지는 않으나

★

빠른 쳘로에 조는 손님아
이 시골 이 정거장 행여 잇을나
한가하고 그립고 쓸쓸한 시골사람의
드나드는 이 정거장 행여 잇을나

佛地菴抒情

永郞

그밤 가득한山정긔는 기척없이솟은 하얀달빛에 모다쓸리우고
한낮을 향미로우라 울리든 시내ㅅ물소리마져 멀고그윽하야
衆香의맑은돌에 맺은 금이슬 구울려흐르듯
아담한 꿈하나 여승의 호젓한품을 애끊이 사라젓느니

千年옛날 쫓기여간 新羅의아들이냐 그빛은 청초한 수미山나리꽃
정녕 지름길 섯드른 흰옷입은 고흔少年이
흡사 그바다에서 이바다로 고요히 떠러지는 별ㅅ살같이
옆山모롱이에 언듯 나타나 앞골시내로 삽분 사라지심

승은 아까워 못견되는냥 희미해지는 꿈만 뒤쫓앗으나
끝없는지라 돌여 밝는날의 남모를 귀한보람을 품엇을뿐
토끼라 사슴만 뛰여보여도 반듯이 그려지는사나이 지낫엇느니

고흔輦의 거동이 잇음즉한 맑고트인날 해는기우는제
승의보람은 이루웠느냐 가엾어라 미목청수한 젊은선비
앞시내ㅅ물 모이는 새파란 쏘에 몸을 던지시니라

(佛地菴은 內金剛幽寂한곳에 허무러가는古刹 무젊은승이 스님을뫼시고잇다)

불지암서정

*『문학』 2호, 1934.2.

모란이 피기까지는

永郎

모란이 피기까지는
나는 아즉 나의봄을 기둘니고 잇슬테요
모란이 뚝뚝 떠러져버린날
나는 비로소 봄을여흰서름에 잠길테요
五月어느날 그하로 무덥든날
떠러져누은 꽃닢마져 시드러버리고는
천디에 모란은 자최도없어지고
뻐쳐오르든 내보람 서운케 문허졋느니
모란이 지고말면그뿐 내 한해는 다가고말아
三百예순날 하냥 섭섭해 우옵내다。
모란이 피기까지는
나는 아즉 기둘니고잇슬테요 찰난한슬픔의 봄을

모란이 피기까지는

*『문학』 3호, 1934.4.

모란

永郞

모란이 피기까지는
나는 아직 나의봄을 기둘리고 있을테요
모란이 뚝뚝 떠러져버린날
나는 비로소 봄을여흰 셟움에 잠길테요
五月어느날 그하로 무덥든날
떠러져누은 꽃잎마저 시드러버리고는
천지에 모란은 자최도 없어지고
뻗처오르든 내보람 서운케 문어졌느니
모란이 지고말면 그뿐 내 한해는 다 가고말아
三百예순날 하냥 섭섭해 우옵내다
모란이 피기까지는
나는 아직 기둘리고있을테요 찰란한슬픔의 봄을

모란

*『을해명시선집』, 시원사, 1936.(재수록)

청 명

호르 호르르 호르르르 가을아침
취여진 청명을 마시며 거닐면
수풀이 호르르 버레가 호르르르
청명은 내머리속 가슴속을 젖어들어
발끝 손끝으로 새여나가나니

온살결 터럭끝은 모다 눈이요 입이라
나는 수풀의 청을 알수있고
버레의 예지를 알수있다
그리하야 나도 이아침 청명의
가장 고읍지못한 노래ㅅ군이 된다

청명

* 『을해명시선집』, 시원사, 1936.(재수록)

수풀과버레는 자고깨인 어린애
밤새여 빨고도 이슬은 남었다
남었거던 나를 주라
나는 이청명에도 주리나니
밤에 뭇을달고 벽을향해 숨쉬지않었느뇨
해ㅅ발이 처음 쏘다오아
청명은 갑작히 으리으리한 冠을 쓴다
그때에 토록 하고 동백한알은 빠지나니
오! 그빛남 그고요함
간밤에 하날을 쫒긴 별살의흐름이 저러했다

온소리의 앞소리요
온빛갈의 비롯이라
이청명에 포근 취여진 내마음
감각의 낯닉은 고향을 찾었노라
평생 못떠날 내집을 들었노라

女性

十月號

가을

金允植

「오-매 단풍들것네」
장광에 골붉은 감닙 날러오아
누이는 놀란듯이 치어다보며
「오-매 단풍들것네」

추석이 내일모레 기둘니리
바람이 자지어서 걱정이리
누이의 마음아 나를보아라
「오-매 단풍들것네」

가을

* 『영랑시집』(1935)에 게재된 작품임.

거문고

永郞

검은벽에 기대선채로
해가 수무번 박귀였는듸
내 麒麟은 영영 울지를못한다

그가슴을 퉁 흔들고간 老人의손
지금 어느 끝없는饗宴에 높이앉었으려니
땅우의 외론 기린이야 하마 이저졌을나

박같은 거친들 이리떼만 몰려다니고
사람인양 꾸민 잣나비떼들 쏘다다니여
내 기린은 맘둘곳 몸둘곳 없어지다

문 아조 굳이닫고 벽에기대선채
해가 또한번 박귀거늘
이밤도 내 기린은 맘놓고 울들못한다

거문고

*『조광』 5권1호, 1939.1

1. 수무번 ; 스무 번
2. 박귀였는듸 ; 바뀌었는데
3. 기린 ; 기린(麒麟) 여기에서의 기린은 상상 속의 동물을 말함. 기린은 성인(聖人)이 나면 나타난다고 하며, 산 풀을 밟지 아니하고, 생물을 먹지 아니하는 어진 짐승으로 알려져 있다. 형상은 사슴의 몸에 소의 꼬리, 이리의 이마. 말굽이며, 머리에는 살로 된 뿔이 하나가 나 있고. 털은 오색이고 배의 털은 누르다. 여기에서 파생된 말로는 기린아가 있다. 기린아는 재주와 지혜가 썩 많은 아이를 귀엽게 일컫는 말이다.
4. 의론 ; 의로운
5. 이저졌을나 ; 잊혀졌을까
6. 박같은 ; 바깥은
7. 울들못한다 ; 울지 못 한다

가야금

北으로
北으로
울고간다 기러기

南邦의
대숲밑
뉘 휘여 날켰느뇨

앞서고 뒤섰다
어지럴리 없으나

간열픈 실오랙이
네목숨이 조매로아

가야금

*『조광』 5권1호, 1939.1

1. 뉘 ; 누가
2. 후여 ; 쉬, 쉬이 § '쉬' 는 닭이나 참새 따위를 쫓는 소리.
3. 날켰느뇨 ; 날큰거리게 했느냐 § '날큰거리다' 는 '물러서 자꾸 늘러지게 되다' 의 뜻이 있음.
4. 간열픈 ; 가냘픈
5. 실오랙이 ; 실오라기
6. 조매로아 ; 안타까운, 위태로운 (∞ 조매조매하다. ∞ 조마롭다)

달 마 지

永 郎

빛갈 환─히
東窓에 떠오름을 기두리신가
아흐레 어린달이
부름도없이 홀로 났소
月出 東嶺
八道사람 마지하오
기척없이 따르는 마음
그대나 고히 싸안어주오

달마지

*『여성』 4권 4호, 1939.4.

연

永郎

내 어린날!
아슬한 하날에 뜬 연같이
바람에 깜박이는 연실같이
내어린날! 아슨풀 하다

하날은 파——랗고 끝없고
평평한 연실은 조매롭고
오! 힌연 그새에 높이
아실아실 떠놀다 내어린날!

연

*『여성』 4권 5호, 1939.5.

1. 아슬한 ; 아슴푸레한 (∞ 아슴푸레하다)
2. 아슨풀 하다 ; 아슴푸레하다
3. 조매롭고 ; 안타깝고, 위태롭고 (∞ 조마조마하다, ∞ 조마롭다)
4. 힌연 ; 흰 연
5. 그새에 ; 그 사이에
6. 아실아실 ; 아슬아슬

바람이러 떠어 갔더면
엄마 압바 날어찌 찾어
히끗히끗한 실낫 믿고
어린 압바 머리를 붙다

오— 내어린날 하얀옷입고
외로히 자랐다 하얀넜담고
조마조마 길가에 붉은발자옥
자욱마다 눈물이 고이였었다

---

7. 바람이러 ; 바람일어
8. 압바 ; 아빠. '아버지' 의 방언.
9. 히끗히끗한 ; 희끗희끗한
10. 조마조마 ; ∞ 조마조마하다

五月

永郞

들길은 마을에 들자 붉어지고
마을골목은 들로 내려서자 푸르러졌다
바람은 넘실 千이랑 萬이랑
이랑 이랑 햇빛이 갈라지고
보리도 허리통이 부끄럽게 들어났다
꾀꼬리는 엽태 혼자 날아볼줄 모르나니
암컷이라 쫓길뿐
수놈이라 쫓을뿐
황금 빛난 길이 어지럴뿐
얇은 단장하고 아양 가득 차있는
山봉우리야 오늘밤 너 어디로 가버리련?

5월

*『문장』 1권 6호, 1939.7.

1. 엽태 ; 여태

毒을 차고

永郞

내 가슴에 毒을 찬지 오래로다
아직 아무도 害한 일 없는 새로 뽑은 毒
벗은 그 무서운 毒 그만 흩어버리라 한다
나는 그 毒이 벗도 선뜻 害할지 모른다 위협하고,

毒 안 차고 살어도 머지 않어 너 나 마주 가버리면
屢億千萬 世代가 그 뒤로 잠잣고 흘러가고

독을 차고

* 『문장』 1권 10호, 1939.11.

나중에 땅덩이 모지라져 모래알이 될것임을
「虛無한듸!」 毒은 차서 무엇 하느냐고?

아! 내 세상에 태어났음을 원망 않고 보낸
어느 하루가 있었던가, 「虛無한듸!」, 허나
앞뒤로 덤비는 이리 승냥이 바야흐로 내 마음을 노리매
내 산체 짐승의 밥이되어 찢기우고 할퀴우라 네 맡긴 신세임을

나는 毒을 품고 선선히 가리라,
마금날 내 깨끗한 마음 건지기 위하야。

1. 허무한듸 ; 허무한데
2. 승냥이 ; 개과에 딸린 산짐승.
3. 할퀴우라 ; 할퀴도록
4. 마금날 ; 막음 날, 마지막 날

墓碑銘

永郞

생전에 이다지 외로운사람
어이해 뫼아레 碑돌세우오
초조론 길손의 한숨이라도
헤여진 고총에 자조떠오리
날마라 외롭다 가고말사람
그레도 뫼아레 碑돌세우리
「외롭건 내곁에 쉬시다가라」
恨되는 한마듸 삭이실난가

묘비명

*『조광』 5권 12호, 1939.12.

1. 뫼아레 ; 묘아래
2. 碑돌 ; 빗돌, 비석(碑石)
3. 초조론 ; 초조(焦燥)한
4. 헤여진 ; 헤진, 허물어진
5. 날마라 ; '날마다' 의 오식이거나 (지나가는) 세월을 탓하지 말라는 뜻인 듯함.
6. 그레도 ; 그래도

한줌 흙

永郎

본시 평탄했을 마음 아니뜨다
구지 톱질하여 산산 찌저노았다

風景이 눈을 흘리지 못하고
사랑이 생각을 호리지 못한다

지처 원망도 안코 산다

한줌 흙

*『조광』 6권 3호, 1940.3.

1. 평탄했을 ; 평탄(平坦)했을
2. 구지 ; 굳이
3. 찌저놓있나 , 찢어놓았나

대체 내노래는 어듸로 갔느냐
가장 거룩한것 이눈물 만

아쉰 마음 끝에 못빼았고
주린 마음 끄득 못배붉히고
어피차 몸도 피로워졌다
밧비 棺에 못을 다저라
아모려나 한줌 흙이 되는구나

---

4. 어듸로 ; 어디로
5. 거륵한 것 ; 거룩한 것
6. 아쉰 ; 아쉬운
7. 끄득 ; 그득
8. 못배붉리고 ; 배 못 불리고 ∞ 골불은(작품번호 5 참조)
9. 밧비-바삐

江 물

永 郞

잠ㅅ자리 서뤄서 이러났소
꿈이 고읍지못해 눈을 떴소
벼개에 차단히 눈물은 저졌는듸
흐르다못해 한방울 애끈히 고히였소
꿈에본 江물이라 몹시보고싶었소
무럭무럭 김오르며 내리는 江물

강물

＊『여성』 5권4호, 1940.4.

1. 잠ㅅ자리 ; 잠자리
2. 서뤄서 ; 서러워서
3. 이러났소 ; 일어났소
4. 벼개에 ; 베개에
5. 차단히 ; 차갑게
6. 저졌는듸 ; 젖었는데
7. 애끈히 ; 안쓰럽게, 안타깝게
8. 고히었소 ; 고이였소

언덕을 혼자서 거니노라니
물오리 갈매기도 끼륵끼륵

江물을 철 철 흘러가면서
아심찬이 그꿈도 떠실코갔소

꿈이아닌 생시 가진서름도
작고 江물은 떠실코갔소

---

9. 아심찬이 ; § 아심찮다 = 안심찮다. '안심찮다'는 남에게 폐를 끼치어서 미안하다는 뜻.
10. 떠실코갔소 ; 떠싣고갔소
11. 가진 ; 갖은

한길에 누어

永郞

팔다리 쭉뻗고 한길에 펑 드러눕다
총총 백인 별이 방울지듯 치렁치렁
燦爛 만 저러 悠久 했다

사람아 웨 나를 귀찬케 흔들기냐
기껏해야 용수같은 내土窟 차저들라고

한창 새벽「해」와「길」이 살곳없다
燦爛 관 저러 悠久 코나
내祈願 도 世紀를 넘어설가

한길에 누어

*『조광』 6권 5호, 1940.5.

1. 쭉뻣고 ; 쭉 뻗고
2. 귀찬케 ; 귀찮게
3. 용수 ; 추자(篘子). § '용수'는 술이나 장을 거르는 데 쓰며, 싸리나 또는 대 따위로 결어 만는다. 통처럼 안쪽이 둥글고 깊게 만들어진 기구.

歲月이 感激을 좀먹길내
밤마다 酒靈을 졸나댓다

그래 사람들아 그러케들 얌전키냐
하나도 서럽잔코 두번 원통치도 않어
어린자식 안처노코 똑바룬말 못할때냐

그매 열두담상 못 넘어뛰고 만
그 선비는 차라리 목마른채 賜藥를 받 었니라 고

---

4. 좀먹길내 ; 느끼기에
5. 졸나댓다 ; 졸라댔다
6. 그렇케들 ; 그렇게들
7. 얌전키냐 ; 얌전히만 있겠느냐
8. 서럽잔코 ; 서럽지 않고
9. 목마른채 ; 목마른 채

偶感

永郞

우렁찬소리 한마듸 안그리운가
내비위에 꽉맞는 그한마듸!
입에 몰고 귀에 아주 우는구나

四十갓찬 나허、내 일즉나서 좋다
창자가 짤리는 서름도 맛봐서 좋다
간 쓸개 가 갓갓으로 남었거늘

아버지도 싫다 너무 일흔때 나셨다
아들도 싫다 너무 지나서 나왔다

우감

＊『조광』 6권 6호, 1940.6.

1. 한마듸 ; 한마디
2. 일즉나서 ; 일찍 나서
3. 갓갓으로 ; 가까스로
4. 일은때 ; 이른 때

내나히 알맞다 가장 서럽게 자랐다

행복을 찾노라 모두들 환장 한다
제 혼자때문만 아니라는구나 주제넘게 남의행복까지!
갓다 부처님께 바처라 알는 마누라나 달래라

봄되면 우렁찬소리 여기저기 나는듯 해자지러지다가도
거저 되사러날듯 십다만 내보금자리는 한양 서런幸福
이 가득차있다

---

5. 내나히 ; 내 나이
6. 바처라 ; 바쳐라
7. 해자리러지다가도 ; 해 자지러 지다가도, 해 기운이 없어 떨어졌다가도
8. 거저 ; 그저
9. 한양 ; (←하냥) 늘, 동안
10. 서런 ; 서러운

호젓한노래

永郎

그대 내 홋진노래를 드르실까
꽃은 까득픠고 벌때 닝닝거리고

그대 내 그늘업는소리를 드르실까
안개 자욱히 푸른골을 다 덥혓네

그대 내 흥안니는노래를 드르실까
봄물결은 웨 이는지 출렁거리네

내소리는 꿰벗어 봄철이 실타리
호젓한소리 가다가는 씁슬한소리

어슨달밤 빩안동백꼿 쥐어따서
마음씨 양 꽁꽁 쭈무러버리네

호젓한 노래

*『여성』5권 6호, 1940.6.

1. 홋진 ; 홑진, 혼자된
2. 드르실까 ; 들을 수 있을까, 들으실 수 있으려나
3. 벌때 닝닝거리고 ; 벌 떼 잉잉거리고
4. 흥안니는노래 ; 흥 안 이는 노래, 흥 안 일어나는 노래
5. 웨 ; 왜
6. 꿰벗어 ; 꿰벗긴(∞꿰벗기다) § '꿰' 는 알몸, '꿰벗어' 는 '발가벗다' 의 뜻. 내 몸 하나만 남은 상태를 이르는 말.
7. 실타리 ; 싫다하리
8. 가다가는 ; 때로는
9. 어슨 달밤 ; 어스름한 달밤
10. 빩안동백꼿 ; 빨간 동백꽃
11. 쭈물러버리네 ; 주물러버리네, 주물러서 형체를 일그러뜨리네.

집

永郎

내집 아니라
늬집 이라
나르다 얼는 도라오라
처마 欄干이
늬들 가여운 소색임을 知音터라

내집 아니라
늬집 이라
아배 간뒤 머난날
아들 손자 잠도 깨우리
문듬사이 늬는 몇代체 서뤄 우느뇨

내집 아니라

집

*『인문평론』 11호, 1940.8.

1. 늬집 ; 네 집
2. 얼는 ; 얼른
3. 늬들 ; 너희들
4. 소색임 ; 속삭임
5. 아배 ; '아버지' 의 방언. ∞ 압바
6. 머난날 ; 먼 날
7. 몇代체 ; 몇 대째
8. 서뤄 우느뇨 ; 설워 우느냐

늬집 이라
은행닢이 나른갑드니
좁은 마루구석에 품인듯 안겨들다
太古로 맑은바람이 거기 사럿니라

오! 내집이라
열해요 스무해를
안젓다 누엇달뿐
문밖에 밧분 손이
길 잘못드러 날 차저오고

손때 살내음도 저뤗슬 欄干이
흔히 나를 않고 먼산 판다
한두쪽 흰구름이 사러지는듸
한두엇 저즈른 녯일이
과아란 하날 만히 아슬하다

---

9. 은행닢 ; 은행잎
10. 나른갑드니 ; 날라다니는 것 같더니
11. 사럿니라 ; 살었니라, 살었었다
12. 밧분 ; 바쁜
13. 저뤗슬 ; 절었을
14. 사러지는듸 ; 사라지는데
15. 저즈른 ; 저지른

春香

永郎

큰칼 쓰고 獄에 든 春香이는
제마음이 그리도 독했든가 놀래었다.
성문이 부서져도 이 악물고
사또를 노려보든 교만한 눈
그는 옛날 成學士 朴彭年이
불지짐에도 泰然하였음을 알었었니라

춘향

*『문장』 2권 7호, 1940.9.

1. 불지짐 ; 불로 지짐.

오! 一片丹心

깊은 겨울밤 비ㅅ바람은 우루루루
피ㅅ칠해논 獄窓살을 드리 치는데
獄죽엄한 寃鬼들이 구석구석에 휙 휙 울어
淸節春香도 魂을 잃고 몸을 버려 버렸다
밤 새도록 까무러치고
해 도들녁 깨어나다
오! 一片丹心
상하고 병든자리 마디마디 문지르며

---

2. 겨을밤 ; 겨울밤
3. 寃鬼 ; 원귀. § '원귀' 는 원죄로나 원통하게 죽은 사람의 망령.
4. 도들녁 , 돋을 때, 돋을 즈음.

눈물은 타고남은 간을 젖어 버렸다
버들닢이 창살에 선듯 스치는 날도
도련님 말방울 소리는 아니들렸다
三更을 세오다가 그는 고만 斷腸하다
두견이 울어 두견이 울어 南原고을도 깨여지고
오! 一片丹心

믿고 바라고 눈아프게 보고싶든 도련님이
죽기前에 와주셨다 春香이는 살었구나
쑥대머리 귀신얼굴된 春香이 보고
李도령은 殘忍스레 웃었다 저때문의 貞節! 이 자랑스러워

---

5. 버들닢 ; 버들잎
6. 쑥대머리 ; 쑥대는 쑥의 대. 쑥대밭은 쑥이 무성하여 거친 땅. 쑥대강이는 짧은 머리털이 흐트러져 산란한 대가리. 판소리에 '쑥대머리'란 이름의 단가(短歌)가 있음.

「우리집이 팍 亡해서 上거지가 되었노라」
슬림없는 도련님 春香은 원망도 안했니라

오! 一片丹心

모진 春香이 그밤새벽에 또 까무러처선
영 다시 깨여나진 못했었다 두견은 우렀건만
도련님 다시뵈어 恨을 풀었으나 살어날 가망은 아조 끊기고
왼몸 푸른 脈도 홱 풀려 버렸을법
出道 끝에 御史는 春香의몸을 거두며 울다
「내 卞氏보다 더 殘忍無智하야 春香을 죽였구나」
오! 一片丹心

북

永郎

자네 소리 하게 내 북을 치제。
진양조 중머리 중중머리
엇머리 자저지다 휘모라보아。
이러케 숨결이 꼭 마저사만 이룬 일이란
人生에 흔치안어 어려운일 시원한일。
소리를 떠나서야 북은 오직 가죽일뿐
헛때리는 萬甲이도 숨을 고처쉴박게。
長短을 친다는말이 모자라오
演奏를 살리는 伴奏쯤은 지나고
북은 오히려 컨닥타요。
떠밧는 名鼓인듸 잔가락을 온통 이즈오
떡 궁! 動中靜이오 騷擾속에 고요 잇어
人生이 가을가치 익어가오。
자네 소리 하게 내 북을 치제。

북

*『동아일보』, 1946.12.10.

1. 치제 ; 치겠네
2. 꼭마저사만 ; 꼭맞어야만
3. 萬甲이도 ; 송만갑(宋萬甲 : 1865-1939). 판소리 명창 가운데 한 사람.
4. 고처쉴박게 ; 고쳐 쉴 수밖에
5. 컨닥타 ; 지휘자(conductor)
6. 온통이즈오 ; 온통 잊으시오
7. 고요잇어 ; 고요 있어, 적막한 듯이

북

永朗

자네 소리 하게 내 북을 치제.

진양조 중머리 중중머리
엇머리 자저지다 휘모라보아.

이러케 숨결이 꼭마저사만 이룬 일이란
人生에 흔치안어 어려운일 시원한일.

소리를 떠나서야 북은 오직 가죽일뿐
헛때리면 萬甲이도 숨을 고처쉴박게.

長短을 친다는말이 모자라오
演唱을 알리는 伴奏쯤은 지나고
북은 오히려 컨닥타 요.

떠밧는 名鼓인듸 잔가락을 온통 이즈오
떡떡궁 ! 動中靜이오 소란속에 고요 잇어
人生이 가을가치 익어가오.

자네 소리 하게 내 북을 치제.

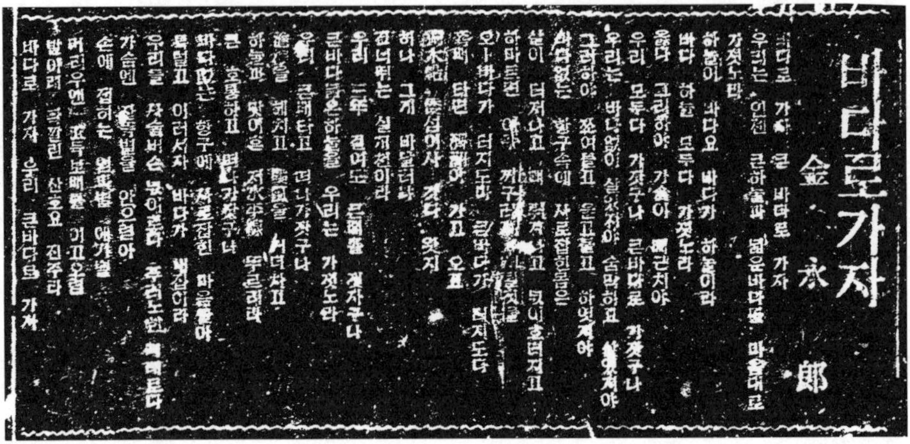

바다로가자
金永郎

바다로 가자 큰 바다로 가자
우리는 인젠 큰하늘과 넓운바다를 마음대로
가젓노라
하늘이 좌다요 바다가 하늘이라
바다 하늘 모두다 가젓노라
옳다 그리하야 가슴이 뻐근치야
우리 모두다 가잣구나 큰바다로 가잣구나
우리는 바다없이 살엇지야 숨막히고 살엇지야
그리하야 쪼여붙고 울고불고 하엿지야
바다없는 항구속에 사로잡힌몸은
살이 터져나고 뼈 뛰져나고 넋이 흐터지고
하마트면 아주 꺼구러져 [illegible]
오! 바다가 터지도다 큰바다가 터지도다
쪽배 타면 제주야 가고 오고
독목선 왜섬이사 갓다 왓지
허나 그게 바다더냐
건너뛰는 실개천이라
우리 三年 걸여도 큰배를 짓자구나
큰바다 넓은하늘을 우리는 가젓노라
우리 큰배타고 떠나가잣구나
창랑을 헤치고 태풍을 걷어차고
하늘과 맞이흔 저水平線 뚜르리라
큰 호통하고 떠나 가잣구나
바다없는 항구에 사로잡힌 마음들아
툭털고 이러서자 바다가 네집이라
우리들 사슬버슨 넋이로다 푸러노한 겨레로다
가슴엔 잔뜩 별을 안으려마
손에 잡히는 엄마별 애기별
머리우엔 고득보배를 이고오렴
발아래 깔린 산호요 진주라
바다로 가자 우리 큰바다로 가자

바다로 가자

*『동아일보』, 1947.8.7.

1. 인젠 ; 이제
2. 큰하눌 ; 큰 하늘
3. 넓운 바다 ; 넓은 바다
4. 뻐근치야 ; 뻐근하구나
5. 가잣구나 ; 가자구나
6. 살엇지야 ; 살았었지
7. 뛰겨나고 ; 튀겨나고
8. 흐터지고 ; 흩어지고
9. 꺼구러져 ; 거꾸러져
10. 갓다 왓지 ; 갔다 왔지
11. 떠나가잣구나 ; 떠나 가자구나
12. 거다치고 ; 걷어치우고
13. 맞이흔 ; 맞이은, 맞닿은
14. 뚜르리라 ; 뚫으리라
15. 사슬버슨 ; 사슬 벗은
16. 푸러노한 ; 풀려난, 풀려 놓인, 해방된
17. 고득 ; 가득

바다로 가자

金永朗

바다로 가자 큰 바다로 가자
우리는 인젠 큰하눌과 넓운 바다를 마음대로 가졌노라
하늘이 바다요 바다가 하눌이라
바다 하늘 모두다 가졌노라
옳다 그리하야 가슴이 빠근치야
우리 모두다 가잣구나 큰바다로 가잣구나
우리는 바다없이 살었지야 숨막히고 살었지야
바다없이 항구속에 사로잡힌몸은
살이 터저나고 뼈 튀겨나고 넋이흐터지고
하마트면 아주 꺼구러져 버릴 것을
오--바다가 터지도다 큰바다가 터지도다
쪽배 타면 濟州아 가고 오고
獨木船 倭섬이사 갓다 왓지
허나 그게 바달러냐
건너뛰는 실개천이라
우리 三年 걸여도 큰배를 짓자구나
큰바다들은하늘을 우리는 가젓노라
우리 큰배타고 떠나가잣구나
滄浪을 헤치고 颱風을 거더차고
하늘과 맞이흔 저水平線을 뚜르리라
큰 호통하고 떠나가잣구나
바다없는 항구에 사로잡힌 마음들아
툭털고 이러서자 바다가 내집이라
우리들 사슬버슨 넋이로다 푸러노한 겨래로다
손에 접히는 엄마별 애기별
머리우엔 끄득보배를 이고오렴
발아래 쫙깔린 산호요 진주라
바다로 가자 우리 큰 바다로 가자

(詩) 한줌 흙

永郞

본시 평탄했을 마음 아니로다
구지 톱질하여 산산 찢어 노았다

風景이 눈을 흘리지 못하고
사람이 생각을 흐리지 못한다

지쳐 원망도 안코 산다

대채 내노래는 어듸로 갔느냐
가장 거룩한것 이눈물 만

아쉰 마음 끝네 못빼았고
주린 마음 끄득 못배불리고

어피차 몸도 피로워졌다
밧비 棺에 못을 다저라

아모려나 한줌 흙이 되는구나

한줌 흙

* 『신천지』 3권9호, 1948.10. 『조광』(1940.3)에 발표한 작품을 재수록.

놓인 마음

가을날 땅검이 아름풋한 흐름 우를
고요하 실리우다 훤듯 스러지는것
잊으봄 보[illegible] 빛의 낡은 내음이노
임으 사라진 千里밖의 산울림
오랜세월 싀닷긴 으스름한 파스텔

애닯은듯 한
좀서러운듯 한

오…모도다 못도라오는
먼—지난날의 놓인마음

(舊詩帖에서)

놓인 마음

*『신천지』 3권 9호, 1948.10.

1. 땅검이 ; 땅거미
2. 아름풋한 ; 아렴풋한 ∞ 어렴풋하다. § '어렴풋하다' 에는 잘 보이거나 잘 들리지 않는다는 뜻이 있음(◇아렴풋하다).
3. 우를 ; 위를
4. 훤듯 ; 잠시잠간 사이에 갑자기
5. 잊으봄 ; 잊은 봄
6. 임으 ; 임의
7. 싀닷긴 ; 씻기고 닦인 (∞시드럽다) § '시드럽다' 는 고달프다(疲). 지치고 힘이 들어 견디다 못해 색이 바랜의 뜻이 있음.
8. 모도다 ; 모두다

詩

새벽의處刑場

永郞

새벽의 處刑場에는 서리찬魂의숨결이 휙 휙 살
을에웁니다
탕탕 탕탕탕 퍽퍽 쓸어집니다
모두가 씩씩한 맑은눈들 가진 젊은이들 뿐이기에
에 임을맞긴 太陽을도루차저 三十年을늣우고
며 바른길을앞서걷든 젊은
이들
탕탕탕 탕탕자구 쓸어집니다
연유 모를 때죽엄 원통한 때죽엄
마즈막 숨이다저질때에도 못잊는것은
下弦찬달아래 冠岳山 머리 나르는 太極旗
오…亡해가는 祖國의모습
눈이 참아 감겨젓슬까요
보아요 저흘러내리는 싸늘한 피의줄기를
피를 흘려마신 그해가 일곱번 다시뜨도록
비린내는 주엄의거리를 휩쓸고 숨다젓나니
[illegible]이 잠시 쉬논그새벼마다
피를 씻은날에 눈물을퍼부어도 퍼부어도
보아요 저흘러내리는生血의 싸늘한피줄기를

새벽의 처형장

*『동아일보』, 1948.11.14.

1. 도루차저 ; 도로 찾어
2. 때죽엄 ; 떼죽음
3. 마즈막 ; 마지막
4. 감겨젓슬까요 ; 감겨졌을까요
5. 쉬논그새벼마다(●) ; 쉬는 그 새벽마다

새벽의 處刑場

永朗

새벽의 處刑場에는 서리찬魔의숨결이 휙 휙 살
을애움니다
탕탕 탕탕탕 퍽퍽 쓰러집니다
모두가 씩씩한 맑은눈을 가진 젊은이를 낳기前에
  임을 빼앗긴 太極旗를 도루차저 三年을 휘두르
  며 바른길을앞서것든 젊은
이들
탕탕탕 탕탕작구 쓰러집니다
연유 모를 때죽엄 원통한 때죽엄
마즈막 숨이다져질때에도 못잊는 것은
下絃찬달아래 鐘鼓山 머리 나르는 太極旗
오…亡해가는 祖國이모습
눈이 참아 감겨젓슬까요
보아요 저흘러내리는 싸늘한 피의줄기를
피를 흠벅마신 그해가 일곱 번 다시뜨도록
비린내는 죽엄의거리를 휩쓸고 숨다젓나니
處刑이 잠시 쉬논그새벼마다
피를 싯는물車 눈물을퍼부어도 퍼부어도
보아요 저흘러내리는生血의 싸늘한피줄기를

詩

絕望

永郎

玉川 긴언덕에 쓰러진 죽엄 떼죽엄
生血은 쏫고흘러 十里江물이 붉엇나이다
싸늘한 가을바람 사흘불어 피딱지 엉겻나이다
이무슨 악착한 죽엄이오니까
이무슨 前世에업든 慘變이오니까
祖國을 지켜주리라 믿은 우리軍兵의 槍끝에
太極旗는 갈갈히 찢기고 불타고잇읍니다
별같은 靑春의 그 총총한 눈동자는
惡의毒酒에 가득醉한 軍兵의칼끝에
모조리 도려빼이고 불타죽엇나이다
이무슨 災變이오니까
우리의피는 그리도 不純한 배엿엇나이까
무슨 政治의이념아래
무슨 뼈에사모친 원수엿기에
홋한겨레의 아들딸이엇을뿐인듸
이렇게 殺戮에타숙고 마렷나이까
근원이 무에던지 캘바이아닙니다
죽어도죽어도 이렇게 죽는수도 잇나이까
산채로 살을 깍기여 죽엇나이다
산채로 묶음 뿌려 죽엇나이다
칼로가 아니라 탄환으로쏘아서 四肢를 갈갈히 끈
어 불태웟나이다
홋한 겨레의 피에도 이렇안 不純한피가 섞여잇
음을 이제 참으로 알앗나이다
아ー내 不純한핏줄 咒文바들 핏줄
산고랑이나 개천가에 버러진채 깜앟게 연독한 죽
엄의 하나 하나
탄환이 쉰방 일흔방 여든방 구멍이 뚫고 나갓
읍니다
아우가 형을 죽엿는데 이렇소이다
조카가 아재를 죽엿는다 이렇소이다
무슨 뼈에사모친원수엿기에
무슨 政治의탓이엿기에
이래도 이民族에 希望을 붓처 볼수잇사오리까
생각은끊기고 눈물만흐릅니다

절망

*『동아일보』, 1948.11.16.

1. 때죽음 ; 떼죽음
2. 악착한 ; 악착(齷齪)한, 끔찍한
3. 업든 ; 없던
4. 홋한 ; 홑진
5. 아들딸뿐이었을뿐인듸 ; 아들딸들이었을 뿐인데
6. 마렷나이까 ; 말았습니까
7. 연독한 ; 연독(鉛毒)한, 납의 독.
8. 아재를 ; 아저씨를
9. 붓처 ; 부쳐, 맡겨, 의지해

絶望

永朗

玉川 긴억덕에 쓰러진 죽엄 때죽엄
生血은 솟고흘러 十里汀물이 붉었나이다
싸늘한 가을바람 사흘불어피江물은 얼었나이다
이무슨 악착한 죽엄이오니까
이무슨 前世에업든 慘變이오니까
祖國을 지켜주리라 믿은 우리軍兵의 槍끝에
太極旗는 갈갈히 짓기고 불타고있읍니다.
벽같은 靑春의 그총총한 눈들은
惡의毒酒에 가득醉한 軍兵의칼끝에
모조리 도려빼이고 불타죽었나이다.
이무슨災변이오니까
우리의피는 그리도不純 한배있었나이까
무슨 政治의이름아래
무슨 뼈에사모친 원수었기에
홋한겨레의 아들딸이었을분인듸
이렇게 硫黃불에타죽고 마럿나이까
근원이 무에던지 캘바이아닙니다
산채로 살을 깍기여 죽었나이다.
산채로 눈을 뽑혀 죽었나이다
칼로가 아니라 탄환으로쏘아서 四지를 갈갈히 끈
어 불태웠나이다
홋한 결레이 피에도 이렇안 不純한피가 석격있
음을 이제 참으로 알었나이다
아!내 不純한핏줄 咀呪바들 핏줄
산고랑이나 개천가에 버려둔채 깜앗케 鉛毒한 죽
엄의 하나 하나
탄환이 쉰방 일흔방 여든방 구멍이 뚤고 나갔
읍니다
아우가 형을 죽였는대 이렀소이다
무슨 뼈에사모친원수었기에
무슨 政治의말을 썼기에
이래도 이民族에 希望을 붓처 볼수있사오리까
생각은끈기고 눈물만흐릅니다

겨레의 새해

永郎

해는 점을쩍마다 그가 저지른 [illegible]의 [illegible]
바다로 흘려보내지만
우리는 새해를 옛[illegible]을로 다시 맞이한다
歷史 四千二百八十一年
허리에 힘줄이 뻗친 그대로
겨레는 통트러갖치 높고 커진도다
일허나고 넘어지고 온갖 [illegible]
구태어 캐내어 따지[illegible]
긴 긴 [illegible] 짓밟혀 오[illegible]다
四十年 치욕은 한바탕 [illegible] 꿈
[illegible] [illegible] 아닌도 [illegible]이여
이아츰 이가슴 [illegible] [illegible]하거니
나라가 처음 [illegible]의 향기[illegible]고
天[illegible]이 人[illegible] [illegible] 맡흠이다
긴 [illegible] [illegible]서 [illegible] 뜨다
새해 처음맛는 겨레의 새해
미진한 火[illegible] 이루리라 거침없이 닷는새해
이청단 겨레는 손 맞잡고 노래한다

겨레의 새해

*『동아일보』, 1949.1.6.

1. 점을쩍마다 ; 저물 때마다
2. 통트러 ; 통 털어
3. 이아츰 ; 이 아침
4. 맡흠이라 ; 맡음이라
5. 닷는 ; 닿는

겨레의 새해

永朗

해는 점을쩍마다 그가 저지른 모든 일을잊음의 큰
바다로 흘려보내지만
우리는 새해를 오직보람으로 다시마지한다
멀리 四千二百八十一年
한뫼에 힌눈이 싸힌 그대로
겨레는 한글가치 늘고 커지도다
일허나고 없어지고 온갖 살림은
구태어 캐내어 따질것없어
긴 긴 半萬年 통트러 오롯했다
四十年 치욕은 한바탕 험한 꿈
四年 쓰린생각 아즉도 눈물이돼
이아츰 이가슴 정말 뻐근하거니
나라가 처음 萬邦平和의 큰기둥되고
百姓이 人類위해 큰일을 맡흠이라
긴 半萬年 合처서 한해 로다
새해 처음맞는 겨레의 새해
미진한 大業 이루리라 거칠것없이 닷는새해
이 첫날 겨레는 손맛잡고 노래한다

文藝誌 白民 新年號

(卷頭詩) 一연一

金永郎

좀평나무 높흔가지끝에 얼킨 다ㅣ해진 흰실
낫을 남은 몰나도
보둠전에 산을넘어 멀리가버린 내연의 한알
남긴 서름의 첫씨
태어난뒤 처음높이 띄운보람 맛본보람
않 끈어젓드면 그럴수 없지
찬바람 쐬며 코ㅅ물 흘니며 그서운내 고실
낫 치어나보디 다넜으니
내인생이란 그때버텀 벌서 시든상 싶어
철든 어른을 뽑내다가도 그흰실낫같은 병의
실마리
마음 어느한구석에 도사리고있어 얼신거리면
아이고! 모르지
불다 자는 바람
타다 꺼진 불똥
아! 인생도 겨래도 다 멀어지든구나

연

*『백민』 17호, 1949.1.

1. 좀평나무 ; § '좀평나무'는 '좀피나무'라고 불리기도 함. 조피나무. 조피나무는 산초과(山椒科)에 딸린 낙엽 관목. 산에 저절로 나는데, 키는 큰 것이 3미터 가량이며, 여러 줄기가 나와 온 몸에 가시가 있음.
2. 높흔 ; 높은
3. 얼킨 ; 얽힌
4. 몰나도 ; 몰라도
5. 그때버텀 ; 그 때부터
6. 겨래도 ; 겨레도

(詩)

발 짓

永 郞

건아한 낮의 소란소리 풍겼는듸 금시
퇴락하는양
묵은 壁紙의 내음 그윽하고
저 쯤 에사 걸며 있을 희멀끔한 달
한자락 펴진 구름도 못 말어놓는 바람
이어니
묵근히 옮겨 딛는 밤의 검은 발짓 만
고되인 넋을 짓밟누나
아! 몇날을 더 몇날을
뛰어본다리 날아본다리
허잔한 風景을 안고 고요히 선다.

발짓

*『민성』 5권 8호, 1949.8.

1. 저 쯤 에사 ; 저쯤에
2. 희멀끔한 ; 희멀건 한. § '희멀겋다' 는 얼굴이 희고 맑다는 뜻임.
3. 풍겼는듸 ; 풍겼는데
4. 퇴락하는 양 ; 퇴락(頹落)하는 양, 무너지고 떨어지는 것처럼
5. 묵근히 ; 묵직하게
6. 뛰어본다리 : 뛰어 볼 수 있겠는가
7. 날아본다리 : 날아 볼 수 있겠는가

詩

忘却

永郞

걷던 걸음 멈추고서서도 얼컥 생각키는것 죽음이로다
그 죽음이사 서룬살적에 벌서다아 잊어버리고 살어왔는듸
웬 노릇인지 요즘 자꼬 그 죽음 바로 닥쳐온듯만 싶어져
항용 주춤 서서 행길을 호기로이 달리는 行喪을 보랏고있느니

내 가버린뒤도 세월이야 그대로 흐르고 흘러가면 그뿐이오라
나를 안어길으든 山川도 萬年한양 그 모습 아름다워라
영영 가버린 날과 이세상 아모 가겔 것 없으나
다시 찾고 부를인들 있으랴 億萬永劫이 아득할뿐

망각

* 『신천지』 4권 8호, 1948.8.

1. 서룬살적에 ; 서른 살적에 2. 벌서다아 ; 벌써 다
3. 살아왔는듸 ; 살아왔는데 4. 보랏고있느니 ; 바라보고 있느니
5. 안어길으든 ; 안고 기르든 6. 고앗드래도 ; 고왔더라도
7. 겨래이어든 ; 겨레이어든 8. 노칠안느냐 ; 놓칠 않느냐

山川이 아름다워도 노래가 고왓드래도 사랑과 예술이 쓰리고 달금하여도
그저 허무한 노릇이어라 모든 산다는것 다ㅣ 허무하오라
짧은 그동안이 행복했든들 참다왓든들 무어 얼마나 다를나드냐
다 마찬가지 아니갈말 나흘러나? 다ㅣ허무하오라

그날 빛나든 두눈 딱감기어 瞑想한대도 눈물은 흐르고 허덕이다 숨다지면 가는거지야
미구나 총칼사이 헤매다죽는 떼어난 [illegible]의 겨레이어든
죽음이 무서우냐 새삼스레 뉘 卑怯할소냐만은 卑怯할소냐 만은
죽는다ㅣ고만이라ㆍ 이허망한 생각 내마음을 왜 꼭꼭잡고 노칠안느냐

忘却하자ㅣ해본다 지난날을 아니다 닥쳐오는 내죽음을
아! 죽음도 忘却할수있는것이라면
허나 어듸죽음이야 忘却해질수 있는것이냐
길고 먼世紀는 그죽엄다ㅣ忘却하엿지만

感激八·一五

金永郞

詩

[illegible]

감격 8.15

*『서울신문』, 1949.8.15.

1. 지늘끼고도 ; 짓눌리고도 (∞ 지늘기다 ; 가위눌리다) 작품번호 52와 86에서 사용됨.
2. 홋한 ; 홑진
3. 즈르릉 ; 주르르
4. 쩍은 ; 적에는
5. 뫼실수없던 ; 모실 수 없던
6. 총혜 ; 총혜(聰慧), 지혜
7. 그 膽덩이 ; 그 담력, 용기
8. 글으드냐 ; 틀리더냐
9. 대서양헌장 ; § 대서양헌장(大西洋憲章)은 1941년 8월 14일 미국의 루스벨트 대통령과 영국의 처칠 수상이 대서양 상의 회담에서 결정한 공동선언. 이후에 국제연합 헌장의 기초가 됨.
10. 미흡트란말이지 ; 미흡하다는 말이지
11. 싫드란말이지 ; 싫더란 말이지
12. 불다름 ; 불붙임. ∞ 불이 달어, ∞ 불지짐. (고초를 겪음)
13. 불가살이 ; 못사는
14. 드르라 ; 들어라

感激 八 · 一五

김영랑

煉獄의半世紀 짓밟히어 지늘끼고도 다시 선뜻 불같이 일어서는 우리
는 大韓의 홋한겨래
쇠사슬 즈르릉 풀리던 그날
어디하나 異端있어 行列을 빠져나더뇨
三千萬은 낮낮이 가슴맺친 獨立을 외쳤을뿐

疆土가 까다로운 經緯度에 자리했음 울어야
하느냐?
高句麗 新羅 적은 어찌들 했던가 뒤져보렴아
聖朝 이룩하신 이땅은 天下의 陽地
三千里가 적어서 恨이라면 英蘭土를 보렴아
奇蹟이 아니드면 뫼실수없던 民族의統領
그聰慧 그膽덩이 이나라는 盤石우에 선 民主
保壘

벌써 倭놈과의 싸움도 지난 듯 싶은데
四年동안은 누구들때문에 흘린 피드냐
萬年共和의 世界憲章 발맞추는 大韓民國
民主憲法이 글으드냐 土地改革을 안한다드냐
도시 大西洋憲章이 未治트란말이지
四十八對六 인데 六이 더 옳단말이지
鐵의帳幕은 숨막혀도 獨裁하니 좋았고
民主開放이 明朗하여도 人權平等이 싫드란말이
지
四十年동안의 불다름에도 얼은 남은 겨래로다
四年쯤의 싸움이사 우리는 백년도 불가살이
이젠 벌써 是非를 따질때가 아니로다
쓸어진 同志의 죽엄을 밟고 넘어서 오직 前進
할뿐
大義에 죽음 永遠한 삶임을 三千萬 모두 다 마음커
니
大義大韓 그앞에 간사한 謀略과 흉측한 暗鬪가
있을 수 없다
보라 저 피로 싸일 失地恢復의 數萬旗빨
드르라 百萬聰俊의 地軸을흔드는 저盟誓들

五月아츰

金永郎

비 개인 五月아츰
홀란스런 꾀꼬리 소리
—燦嚴한 햇살 퍼저 오름내다。
이슬비 새벽을 적시울 지음
두견의 가슴찢는 소리 피어린 흐느낌

5월 아츰

*『문예』 1권 2호, 1949.9.

1. 홀란스런 ; 혼란스러운
2. 燦嚴한 ; 찬엄한, 빛나면서도 위엄이 있는
3. 퍼저 ; 퍼져
4. 오름내다 ; 오릅니다
5. 지음 ; 즈음

한 그릇 옛날 香薰、 엇지
이맘 홍근 안저젓스리오만은
이아츰 새 빛에 하늘대는 어린 속잎들
저리 부드러웁고
그 보금자리에 찌찌찌 소리 내는 잘새의
발목은 포실거리어
졉힌다음 구긴생각 이제 다 어루만저젓나보오。

---

6. 엇지 ; 어찌
7. 홍근 ; 홍건히
8. 하늘대는 ; 하늘거리는
9. 잘새 ; 버릇처럼 잘 우는 새.
10. 졉힌 ; 접힌

자랑찬 새 하늘 사치스래 만드오

몰핀 냄새도 이저버렸대서야
不惑이 자랑이 되지않소
아츰 꾀꼬리에 안불리는 魂이야
새벽 두견이 못잡는 마음이야
한 낮이 靜謐하단들 또 무얼하오

저 꾀꼬리 무던히 少年인가보
새벽 두견이야 오ㅣ랜 中年이고
내사 不惑을 자랑튼 사람

---

11. 사치스래 ; 사치스럽게
12. 몰핀 ; 마약의 일종.
13. 이저버렸대서야 ; 잊어버렸대서야
14. 안불리는 ; 안 불려지는, 깨이지 않는
15. 자랑튼 ; 자랑하던

行軍

金永郞

北으로 北으로
울고 간다 기러기
南邦 대숲 밑을
뉘 후여 날켰느뇨

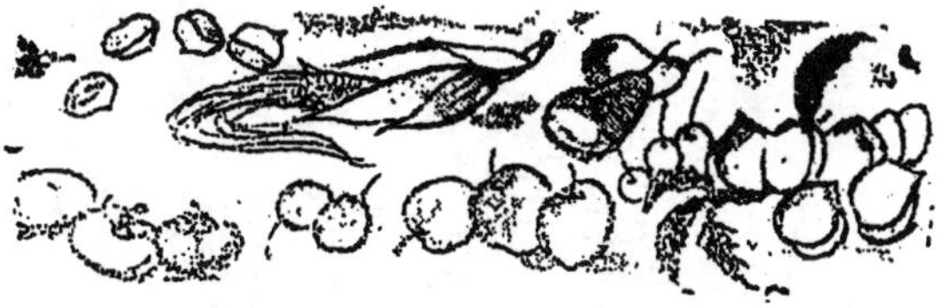

행군

*『민족문화』 1호, 1949.10.

1. 후여 ; 쉬, 쉬이
2. 날켰느뇨 ; 날큰거리게 했느냐. § '날큰거리다' 에는 '물러서 자꾸 늘러지게 되다' 의 뜻이 있음.

걸로로 걸로
차운 어슨 달밤
언 하눌 스미지 못해
처량한 行軍
걸로! 간열프게 멀 다
하눌은 목메인 소리로 낸다

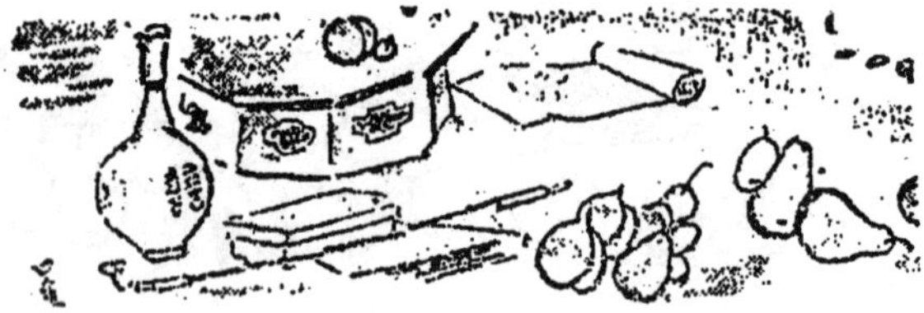

3. 하눌 : '하늘'의 방언
4. 간열프게 ; 가냘프게

앓허누어

永郞

앓허누어 혼자 비노라
이대로 지친 듯하느냐
미진한 무었이 못니져
힘없고 느릿한 몃줄인고
그저 이슬같이
예사 고요히 지렴아
저기 하늘아래
은행보온 떠나른다.

앓허누어

*『신사조』, 1950.1. 『영랑시집』(1935)에 게재된 작품임.

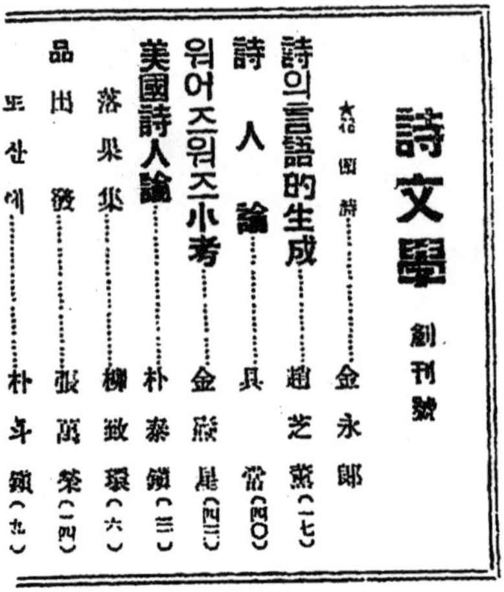
詩文學 創刊號

*『시문학』, 1950.1. 『영랑시집』(1935)에 게재된 작품임.

어리뙤 때는 시악시 마음선
가저
꽃가지에 으는한 그늘이 지면
힌날의 내가슴 아지랑이 낀다
힌날의 내가슴 아지랑이 낀다
(金永郞)

詩文學
創刊號

池 畔 追 憶

金 永 郞

짧은 겨울
해빛이 다
사한 날
큰 못가의
하마 잊었
든 두던길
을 삿분거
너러가다
무심코 주
저앉다
구을다 남
어 한곳에
쏘복히 쌓
인 落葉 그
위에 주저
앉다

지반추억

*『민족문화』 2호, 1950.2.

1. 잊었든 두던 길을 ; 잊어두었던 길을
2. 삿분 ; 사뿐
3. 쏘복히 ; 소복하게

살르 빠시식 어쩌면 내가 이다지 짓구진고
내몸푸를 내가 느끼거늘 아무렇지도 않은듯 앉어지다?
못물은 치위에도 달는다 얼지도않는 날세 落葉이 수없이 묻힌 검은 뻘
흙이말 머더 드러나는 물부시도 많이 줄었다
호로질 않드라도 가는물결、 금 지거늘
아못물 웨 이덜고 이제 바로 그 죽엄을물일가
그저 고요하다 뻘흙속엔 지렁이 하나도 꿈틀거리지않어? 또굴 하지도
안어 그저 고요하다 그물위에 떠러지는 마른잎하나도 없어?
해볓이 다사롭기야 나는 서어하나마 人生은 느끼는되
연아문해 ? 그때는 봄날이더라 바로 이못가이더라
그이와 단두리 흰모시진설 두르고 푸르론 있기도 행여 밟을새라 물 위에
앉고 부프론 봄물결위의 떠노는白鳥를 히롱하여
아득 蒼茫을 서로 조아하였었거니
아! 나는 이지음 서어하나마 人生은 늦기는되 (十二月 十四日)

---

4. 살르 빠시식 ; 낙엽이 눌리는 소리 5. 내몸푸를 ; 내 몸피를. § '몸피' 는 몸둘레의 굵기. 6. 치위에도 ; 추위에도 7. 달는다 ; 다르다(?) 8. 날세 : 날씨 9. 금 지거늘 : -일거늘, (바람에) 물결이 일거늘 10. 죽엄을물일가 ; 죽음의 물일까, (생명이 살 수 없는) 죽은 물일까 11. 해볓이 다사롭기야 ; 햇볕이 따사롭기야 12. 서어하나마 ; 서어(鉏鋙)하나마, 썩 마음에 들지는 않지만 13. 연아문해? ; 여덟아홉 해 (되었나)? 14. 단두리 : 단 둘이 15. 흰모시진설 ; 흰모시진설(陳設), 흰모시로 잘 차려 입고 16. 푸르론 있기도 : 푸른 이끼도 17. 부프론 : 부풀어 오른 18. 히롱하여 : 희롱하여 19. 이지음 : 이즈음

(詩) 어느날 어느때고

永郎

어느날 어느 때고
잘 가기 위하야
평안히 가기 위하야

몸이 비록
아프고 지칠지라도
다음 평안히
가기 위하야

일만 정성
모두어 보리.

덧없이 봄은 살같이 떠나고
中年은 하 외로워도
이 虛無에선 떠나야 할것을

잘이 삭삭
여미고 셸밀지라도
마음 평안히
가기 위하야

아! 이것
평생을 딱는 좁은 길.

어느날 어느때고

*『민성』 6권3호, 1950.3.

1. 살같이 ; 화살같이
2. 딱는 ; 닦는

千里를 올라 온다

永郎

千里를 올라 온다
또 千里를 올라들 온다
나귀 얼렁소리 닷는 말굽소리
靑雲의 큰뜻은 모혀들다 모혀들다。

南山北岳 갈래갈래 뻐든 골짝이
엷은안개 그밑에 묵은 이끼와 푸른松栢
朗朗히 울려나는 靑衣童子의 글외는소리
나라가 덩그러히 이룩해지다。

인경이 울어 八門이 굳히 다치어도
亂臣外寇 머러 城을넘ㅅ고 불을 놓다。
頹落한 金石殿閣 이잰 차라리 겨래의 香그런 才華로다

천리를 올라온다

*『백민』21호, 1950.3.

1. 얼렁소리 ; 얼렁질하는 소리 2. 닷는 ; 닿는 3. 모혀들다 ; 모여들다
4. 뻐든 골짝이 ; 뻗은 골짜기 5. 덩그러히 ; 덩그러니
6. 인경이 ; 인정(人定)이. § '인정' 은 조선시대에 종을 쳐서 출입을 금지한 제도.
7. 八門이 ; 팔문이. § '팔문' 은 4대문과 4소문을 합쳐 부르는 말.
8. 城을 넘ㅅ고 ; 성을 넘고 9. 굳히 ; 굳게 10. 이잰 ; 이젠
11. 겨래의 ; 겨레의 12. 香그런 : 향그런, 향기로운

찰란한 파고다 여 우러 그대앒에 진정 고개 슥인다。

鐵馬가 터지든날 노들 무쇠다리
신기한 먼나라를 삿분 옴겨다 놓았다。
서울! 이나라의 화사한 아침저자 러라
겨레의 새봄바람에 어리둥절 失行한 숫處女ㄴ들 업섰을거냐

南山에 올나 北漢冠岳을 두루 바라다 보아도
정영코 山정기로 태어난 우리들이라。
웃득소슨 뫼뿌리 마다 고물고물 골짝이 마다
내 모습 내마음 두견이 울고 두견이 되고。

높흔재 얇은풀 흔들니는 실마리 길,
그욱하고 너그럽고 잔잔하고 싼듯 하지。
白馬 호통소리 나는날 이면
黃金 피묘더 喜悲交響을 아뢰니라。

---

13. 파고다○여 ; 파고다여
14. 진졍 ; 진정
15. 슥인다. ; 숙인다
16. 터지든날 ; 터지던 날
17. 삿분 ; 사뿐
18. 옴겨다 ; 옮겨다
19. 아침저자 ; 아침시장, 조시(朝市)
20. 어리둥절 ; 어리둥절
21. 숫處女ㄴ들 ; 숫처녀인들
22. 업섰을거냐 ; 없었겠느냐
23. 정영코 ; 정녕코
24. 山졍기로 ; 산정기로
25. 웃득소슨 ; 우뚝 솟은
26. 높흔재 ; 높은 고개
27. 흔들니는 ; 흔들리는
28. 실마리 길, ; 일이 되어가는 첫 단계.
29. 싼듯 하지. ; 산뜻하지

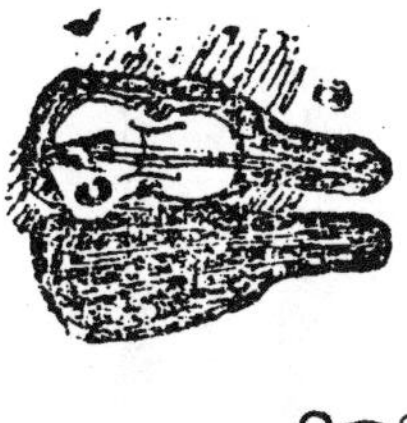

詩

五月恨

永郎

모란이 피는 오월달
月桂도 피는 오월달
온갓 재앙이 다버러졌어도
내품에 남는 다순김 있어
마음실 튀기는 五月이러라
무슨 대견한 옛날 였으랴

오월한

*『신천지』 5권6호, 1950.6.

1. 다버러졌어도 ; 다 벌어졌어도
2. 다순김 ; 따스한 기운, 온기
3. 마음실 ; 마음이, 마음씨가
4. 옛날 였으랴 ; 옛날이였으랴

그래서 못잊는 오월 이랴
靑山을 거닐면 하루한치식
뻗어오르는 풀숲사이를
보람만 달리든 五月이러라

아모리 두견이 애닯어 해도
황금 피리 아양을 펴도
섧고 좋고 그렇기 보다는
풍기는 내음에 지늘껴것만
어느새 다해-진 五月이러라

---

5. 아모리 ; 아무리
6. 애닯어 ; 애달파, 안타까워
7. 섧고 ; 서럽고
8. 지늘껴것만 ; 짓눌렸건만. (∞ 지눌기다 ; '가위눌리다' 의 방언) 작품번호 52와 78에서도 사용됨.
9. 다해-진 ; 다해진

琴 湖 江

언제부터
웅그래 저 수백리를
脈脈히 이어받고 이어가는 도란 물결소리
슬픈 魚族 거슬러 行列하는 江
차라리 아쉬움에
내 후련한 연륜과 함께
맛보듯 구수한 이야기 잊고
어디엘 흘러갈 금호강.

여기
해 뜨는 아침이 있었다.
季節風과 더불어 꽃피는 봄이 있었다.
교교히 달빛 어린 가을이 있었다.

금호강

* 『시정신론』, 1974.

이 나룻가에서
내가 몸을 따루며 살았다.
물소리를 듣고 잠들었다.
오랜 오늘
근이는 대학을 들고
수방우와 그리고 선이가 죽었다는
소문이 도시 믿어지지 않은,

이 나룻가
오롯한 位置에 내 홀로 서면,
지금은 어느 어머니가 된
눈맵시 아름다운 여인의 이름이,

아직도 입술에 맴돌아
사라지지 않고,

이 나룻가 물을 마시고 받은
내 청춘의 상처

아— 나의 병아.

예ㅡㅌ스詩篇 (W. B. YEATS)

永郞 譯

하날의 옷감 (HE WISHES FOR THE CLOTHS OF HEAVEN)

내가 금과 은의 밝은 빛을 너어짜은
하날의 수노흔 옷감을 가젓스면,

---

*『시문학』, 1930.5.

밤파 밝음파 어슨밝음의
푸르고 흐리고 검은 옷감이 내게 잇스면
그대 발아래 까라 드리련
만은, 가난한내라, 내꿈이 잇슬뿐이여,
그대발아래 이꿈을 까라 드리노니,
삽분이 밟고가시라. 그대 내꿈을 밟고가시느니。

이늬스쁘리ㅣ (THE. LAKE ISLE OF INNISFREE)

나는 이러나 바로가리, 이늬스쁘리ㅣ로가리,
외역고 흙을 발러 조그만 집을 얽어,
아홉니랑 밀을 심고 꿀벌의 집은 하나,
숩가운대 뷔인따에 벌 잉잉거리는곳
내홀로 재서 사르리。

거기서는 내마음도 얼마쯤 가란즈리,
안개어린 아츰에서 평화는 흘러나려
칫돌이 우는게로 가만이 흘러나려,
밤중에도 환한긔운 한낫에 타는자주,
해으름은 홍작의나래소리。

나는 이려나 바로가리, 언제나 밤낫으로
내귀에 들리나니, 그호수의 어덕에
나즉이 찰삭 거리는 물소리,
회색 舖道우에서나 한길에 서잇슬제
내맘의 깁흔곳에 들리여오나니。

나치反抗의노래

飜譯詩

屠殺者의軍隊를떠나라!(外二編)

―빛나는全獨逸兵士들에게―

엘리히·와이너트

金允植 譯

피의 자죽은 날카롭고 역력하기
때문에 이제世界는 다시 회오리
바람같은 거짓말에 귀먹어리가 되
지는 않을것이다。
너이들이 여기서 하고있는것은
누구의 눈도 속이지못하더라。

가는곳마다 뿌리는 피판,
눈속에 죽어쓰러진 處女들 우에
그대들이 남긴 强姦의 痕跡을,
진탕속에 그대들의 발이 짓밟은
버린것은 兵士여 그대들은 어떻
게 생각하느냐?

그대들은 그들의 아우성소리를 들
었다。
탕크와 銃砲밑에서 呻吟하는 肉體
를 그대들은 보았다。
산사람들이 烽火처럼 불타쓰러질때
그대들은 몸서리치고 말이 없었
다
그대들의 부끄러움은 나는 안노라

그대들로 하여금 拷問을 敢行케하
고 사람을 죽이게만든것을
그대들의 意思가 아니라고 생각
함으로써
그대들은 마음의 平和를 누릴수
있었드냐?
全獨逸軍이 罪罰을 받어야할때
그대들에게는 무슨 道理가 있을
것이냐?

이미때가 느젔다고 後悔한대짜
죽어가는 犧牲者들을 바라만 보고
있다한들
그것이 무슨 所用이 있을것이냐
傍觀하는者들이여 屠殺者들이 보
내는 길을 가야함을 슬퍼한들 무
엇하는가

돼지와함께 강냉이껍질을 먹었다
고 後悔한들 무엇하랴
빨리 놈들의 軍隊에서 나와버려라
아직도 늦지않다 그렇게못한다면
그대들이 같은길을 [illegible]야만 하게

---

*『신천지』, 1949.3.

된곳

아느누가 同情해줄것이냐

自由를 찾고 自由의길을 찾을
힘과 勇氣를 그대들은 갖지 않느
냐?

이것이 그길이다 어찌해서 망서
리느냐?
오늘바로 우리軍隊로 넘어오라
그대와 그대가 사랑하는 나라를
救해내여라?

히틀러에對하는獨逸兵士

「나는 나의 兵士들과 더욱 가차히 하기
위해서 總司令官의 地位를 차지하였노라」
—히틀러

이제 당신은 옳은생각을 갖이셨소
親愛하는 푸ー러(獨裁者)여!
僞善者가 되지말고
좀더 가차히 오구려!

萬一 당신이 당신의 約束을 지
킨다면
안되도 暫壕속엔 당신이 있을자
리가 있오
뭐든지 당신이 所願하는바를 말
해보시요
그러면 우리가 당신에게 드릴터
이니

여기 우리는 밀짚데미에 쪼그리
고 앉아있오
와서 한자리 차지하시요
그러나 조심하시요
우리들의 언 발을 밟지 않도록

여기 날고기의 셀터드가 있오
그리고 지령이는 맛이 훌륭하지요
그리고 우리들의 아름다운 都市
에서는
이(虱)란 놈들이 安樂하게 살
고있지요

당신은 담배를 피지 않기에
우리들의 고추를 훔치지는 않을
것이요

그러나 그런것들이 必要한 사람
들에겐
이곳의生活이란 우스개 작난이아
니라오

당신은 菜食主義者니까?
우리들이 먹는것도 좋아할께요
한조각의 고기도 없는
幸福한 아리안族들을 求景하시요

단하나 眞正한것은 羞恥뿐이요
우리들은 여기서는 언제나
다른말을 하기때문에
당신은 새로운 演說은 하지마시요

英雄의 구덩을 생각하고서
感氣도 염려도 걸리지 마시요
우리들이 집에 드라가는 날이면
당신은 어차피 오래 살지는 못
할테니까

당신을威風堂堂하게
묻어드리라는것은 疑心치 마시요
아무리 못한다해도

멥시있는 葬禮만은 해드리지요
그건 정말로 愉快할걸요!

兵士들이여 이제는 아무希望도없다

兵士들이여 무서운 時期는 닥쳐
왔다。
時節의 變化를 그대들은 모르느
냐?
이 로씨아의 曠野는
冷酷한 監獄으로 되리라는것은
모스코마와 레닌그라드로 가는길
은 죽엄과 熱病의 길
가을이 온다 진흙과 더부러
겨울이 온다 永遠히 가지않을 겨
울이?
귀밑까지 눈에 빠지고
다시는 補給도 인지못할……
빠진지 못할 지흙과 옴지기지 못
함께를 그밀에 길은 파무치게될
것이다。
사정없는 바람을 막어줄
지붕도 마루바닥도 없이
燒彈洗禮의 標的이 된채
그대들은 둘관에 또 그려만 있을
것이다。
無情한 어둠 속에서
그대들은 잠조차 이루지 못하리라
빨치산은 숲올 속에 潛伏해있고
그들의 銃소리는 그대들을 威脅
할것이다。
彈丸도 빵도 없기때문에
慌急한 退却이 始作될적에
그대들이 죽을 그때까지 限死코
追擊하면서
빨치산은 그대들의 가죽을 베끼
고야 말것이다。
그대들손에 아내와 子息들의 生
命은매낀
사람들은 조곰도 너이를 용서
하지않을것이다。
설사 그의손을 빠저나온다한들
굶주림과 추위가 그대들의 목숨
을 빼았고야 말것이다。
廣漠한 로씨아의 무덤 以外엔
兵士들이여 이제는 아무런 希望
도 남지않았다。
얼어맞고 굶주리고 종사리를 할
그러한 死滅을 누가 願할것이냐?
死滅 髑髏의 旗빨이 찌끼울 바
로 그때
그대들은 再生하는 獨逸의 光明을
어떻게 볼수 있을것이냐?
平和의 빵에로의길은 단 한길이다
銃과 칼을 버려라
故鄕에로 가는 그대들 앞길에는
죽엄이 기다리고
우리의 앞길에는 生命이 기다린
다!
(以一八九頁[illegible]계속)

(一六二頁에서繼續)

『나치反抗詩의後記』

이詩人 엘리히·와이너트는 二次大戰 當時 히틀러獨裁政權을 脫出하야 쏘베트軍隊에 亡命한 詩人으로써 여기 譯한 詩 三篇은 리프렛트로 印刷해서 쏘베트飛行機가 나치軍隊上空에서 撒布하야 驚異的인 効果를거둔詩다. 죽은 獨逸兵士들의 호주머니 속에 이詩들이 감추어저있던 것이 發見된것이다. 現在民과 知識層은 이詩에서 받은 影響을 말한바있었다한다. 어떤 捕虜한사람은 잡히자마자 印刷 종이뭉텅이라고 譯한 다음 아래와같은 편지를 썼다한다.

親愛하는 와이너트동무여

한 無名의兵士로써 저는 당신의詩를 몇 편을 激勵를 기젔읍니다. 저는 다만 당신이 내가말하고싶어하든것과 똑같은 말을 했다는것을 말하고 싶읍니다. 三年동안이나 저는 軍隊에 따나 兵士로서 服務했는데 아즉도 平和의希望은 없읍니다 軍隊가 머지않아 解體해서 그들의 故鄕에들 뒤로 돌아가게될을 期待합시다.

우리들의 원수는 로씨아 — 로씨아는 우리를도아주려하고 있읍니다 — 있는게 아니고 따라서 저는 히틀러가 이쌈에서 지고 그리 — 우리가 解放된生活에 드러갈수있게 될것을 期待합니다.

捕虜收容所에서 人事를 보내며

칼터·워렌버그

(三六頁에서 一一八頁에 繼續)

김영랑 시작품 목록

번호	영랑시집	영랑시선	발표제목	발표지	발표일
1	1. 내마음의 어딘듯	15. 끝없는 강물이 흐르네	동백닙에 빗나는 마음	『시문학』 1호	1930.3
2	2. 돌담에 속색이는	14. 돌담에 소색이는 햇발	내마음고요히고흔봄길우에	『시문학』 2호	1930.5
3	3. 어덕에 바로누어	2. 어덕에 바로누어	어덕에 바로누어	『시문학』 1호	1930.3
4	4. 뉘 눈결에 쏘이였소	12. 뉘 눈결에 쏘이었오		『시문학』 1호	1930.3
5	5. 오매 단풍들것네	18. 오-매 단풍 들것네	누이의마음아 나를보아라	『시문학』 1호	『가을』로 명칭 변경 후 『여성』(1938.10)에 재수록
6	6. 바람이 부는대로	26. 한박눈	원망	『시문학』 1호	1930.3
7	7. 눈물에 실려가면				
8	8. 쓸슬한 뫼아페	17. 쓸쓸한 뫼앞에	쓸슬한 뫼아페	『시문학』 1호	1930.3
9	9. 구비진 돌담을	6. 꿈밭에 봄마음	꿈바테 봄마음 ->구버전 돌담을	『시문학』 2호	『시문학』 3호에 수정 작품 게재(30면)
10	10. 님두시고 가는길의	30.	사행소곡칠수(2)	『시문학』 1호	1930.3

11	11. 허리띄 매는	31.	사행소곡오수(1)	『시문학』 2호	『시문학』 창간호에 재수록 (1950)
12	12. 풀우에 매적지는	32.	사행소곡칠수(5)	『시문학』 1호	1930.3
13	13. 좁은길가에 무덤이	33.	사행소곡칠수(7)	『시문학』 1호	1930.3
14	14. 밤ㅅ사람 그립고야	34.	사행소곡오수(1)	『시문학』 3호	1931.10
15	15. 숩향긔 숨길을	35.			
16	16. 져녁때 져녁때	36.	사행소곡칠수(4)	『시문학』 1호	1930.3
17	17. 문허진 성터에	37.	사행소곡칠수(3)	『시문학』 1호	1930.3
18	18. 산ㅅ골을 노리터로	38.	사행소곡육수(4)	『문학』 1호	1933.12
19	19. 그색시 서럽다	39.			
20	20. 여름에 나붓기는	51.	사행소곡오수(4)	『시문학』 3호	1931.10
21	21. 뻘은 가슴을	52.	사행소곡오수(5)	『시문학』 3호	1931.10
22	22. 다정히도 부러오는	41.	사행소곡오수(3)	『시문학』 2호	1930.5
23	23. 떠날러가는 마음의	40.			
24	24. 그밧게 더아실이	47.	사행소곡육수(1)	『문학』 1호	1933.12
25	25. 뵈지도 안는		사행소곡칠수(1)	『시문학』 1호	1930.3
26	26. 사랑은 기프기		사행소곡육수(4)	『문학』 1호	1933.12
27	27. 미움이란 말속에	43.			
28	28. 눈물속 빛나는	45.	사행소곡오수(2)	『시문학』 3호	1931.10
29	29. 밤이면 고총 아래	46.	사행소곡육수(2)	『문학』 1호	1933.12
30	30. 빈 포케트에	48.	사행소곡오수(3)	『시문학』 3호	1931.10
31	31. 저 곡조만 마조	53.	사행소곡육수(3)	『문학』 1호	1933.12

32	32. 향내 업다고	49.	사행소곡오수(4)	『시문학』 2호	1930.5
33	33. 어덕에 누어	50.	사행소곡오수(5)	『시문학』 2호	1930.5
34	34. 푸른향물 흘러버린	54.	사행소곡칠수(6)	『시문학』 1호	1930.3
35	35. 빠른 철로에		사행소곡육수(6)	『문학』 1호	1933.12
36	36. 생각하면 붓그러운				
37	37. 왼몸을 감도는	44.			
38	38. 제운밤 촛불이	25. 除夜	제야	『시문학』 1호	1930.3
39	39. 내옛날 온꿈이	22. 내옛날 온 꿈이	하날가ㅅ다은데	『시문학』 2호	1930.5
40	40. 창랑에 잠방거리는	7. 그대는 호령도 하실만하다			
41	41. 아퍼누어 혼자				『신사조』(1950.1)에재수록.
42	42. 내 가슴속에 가늘한	1. 가늘한 내음	가늘한 내음	『시문학』 2호	1930.5
43	43. 내 마음을 아실이	11. 내마을을 아실이	내마을을 아실이	『시문학』 3호	1931.10
44	44. 바람따라 가지오고		시냇ㅅ물소리	『시문학』 3호	1931.10
45	45. 모란이 피기까지는	3. 모란이 피기까지는	모란이 피기까지는	『문학』 2호	1934.4 -> 『을해명시선집』(시원사, 1936)에 재수록.
46	46. 그밤 가득한	57. 佛地庵	佛地庵抒情	『문학』 2호	1934.4

47	47. 물보면 흐르고	8. 물보면 흐르고			『시문학』 4호 광고 참조
48	48. 강선대 돌바늘끝에				
49	49. 사개틀닌 고풍의				
50	50. 마당앞 맑은새암을				
51	51. 황홀한 달빛	58. 두견			
52	52. 울어 피를 뱉고				
53	53. 호르 호르르 호르르르	19.청명			『을해명 시선집』 (시원사, 1936)에 재수록.
54			못오실 님이 : 사행소곡오수(2)	『시문학』 2호	1930.5
55			거문고	『조광』 5권1호	1939.1
56			가야금	『조광』 5권1호	1939.1
57		10. 빛갈 환희	달마지	『여성』 4권4호	1939.4
58		23. 연 1	연	『여성』 4권5호	1939.5
59		4. 五月	五月	『문장』 1권6호	1939.7
60		56. 毒을 차고	毒을 차고	『문장』 1권10호	1939.11
61			墓碑銘	『조광』 5권12호	1939.12
62		55. 한줌 흙	한줌 흙	『조광』 6권3호	1940.3 『신천지』 (1948.10) 에 재발표
63			江물	『여성』 5권4호	1940.4

64			한길에 누어	『조광』 6권5호	1940.5
65			偶感	『조광』 6권6호	1940.6
66		13. 내홋진 노래	호젓한 노래	『여성』 5권6호	1940.6
67		21. 집	집	『인문평론』 11호	1940.8
68		59. 춘향	春香	『문장』 2권7호	1940.9
69		28. 북	북	『동아일보』	1946.12.10
70		29. 바다로 가자	바다로 가자	『민중일보』	1947.8.7.
71		20. 땅검이	놓인 마음	『신천지』 3권9호	1948.10
72			새벽의 處刑場	『동아일보』	1948.11.14
73			絕望	『동아일보』	1948.11.16
74			겨레의 새해	『동아일보』	1949.1.6
75		24. 연 2	연	『백민』 17호	1949.1
76		60. 忘却	忘却	『신천지』 4권8호	1949.8
77		9. 낮의 소란소리	발짓	『민성』 5권8호	1949.8
78			感激 八 · 一五	『서울신문』	1949.8.15
79		5. 五月 아침	5월 아츰	『문예』 1권2호	1949.9
80		16. 수풀아래 작은 샘		『영랑시선』	1949.10
81		27. 언-땅 한길		『영랑시선』	1949.10
82			行軍	『민족문화』 1호	1949.10 「가야금」과 전반부 유사
83			池畔追憶	『민족문화』 2호	1950.2

84			어느날 어느때고	『민성』 6권3호	1950.3
85			千里에 올라온다	『백민』 21호	1950.3
86			五月恨	『신천지』 5권6호	1950.6
87		금호강		『시정신론』	1974
88			하늘의 옷감	『시문학』	1930.5
89			이니스프리	『시문학』	1930.5
90			나치 반항의 노래	『신천지』	1949.3
			1. 시살자의 군대를 떠나라		
			2. 히틀러에 대하는 독일병사		
			3. 병사들이여 이제는 아무 희망도 없다		

김영랑 시작품 대조표

번호	영랑시집	영랑시선	발표지	비고
3	어덕이야 아시련만	어덕이야 아시련만	미리서 아랏거니	수정
4	복숭아꽃이	봉숭아 꽃이	※	수정
6	「바람이 부는대로 차자가오리」	1. 바람이 부는대로 차저가오리	1.「바람이 부는대로 차자가오리」	「 」(낫표) 의미 무시.
8	향맑은 구슬손가치	향맑은 구슬손같이	행맑은 女玉像가치	▶ 5행과 6행의 들여쓰기 무시.
9	하이야 그림자	하이얀 그림자	하이얀 그림자 그림자	『시문학』 3호에 수정 작품 게재. 1행이 마지막 행(5행)으로 이동.
12	오르고	오르고	흐르고	
13	뫼아래	뫼아래	뫼아페	
18	커난시악시	커난 시악시	커난 새악시	
19	감각의 낯익은 고향을 차젓노라 / 평생 못떠날 내집을 드럿노라	감각의 시원한 골에 돋은 한낫 풀닢이라 / 평생을 이슬밑에 자리잡은 한낫 버러지로라	※	
22	하늘끗을 실어보냇지	하날끗을 실어보냈소	하날끗을 실이 보냇지	

23	포렴한	파름한	※	
28	구름	구름	구름!	
30	금 나누나	찟끔 했노라	찌금 나누나	
31	내일	새날	내일	
34	가을눈(眼)이 그나래를 치며	가을눈이 그나래를 치며	가을눈이 나래를치며	
39	내옛날	내 옛날	사람의	
40	1.섬들을 길러 3. 마을을 6. 봐란듯	1. 흰물새러냐 3. 마을 6. 보아라	※	
41	아퍼누어 혼자 비노라/이대로 가진 못하느냐//비는마음 그래도 거짓잇나/사잔욕심 차저도 보나/새삼스레 잇슬리 업다/힘업고 느릿한 피ㅅ줄하나//오! 그져 이슬가치/예사 고요히 지렴으나/저긔 은행닙은 떠나른다.(3연9행)	※	앓허누어 혼자 비노라/이대로 지진 못하느냐//미진한 무었이 못니져/힘없고 느릿한 핏줄인고//그저 이슬같이/예사 고요히 지렴아//저긔 하늘아래/은행닢은 떠나른다(4행 8연)	수정 후 『신사조』 (1950.1)에 재발표
44	(옆의 두 행이 누락되어, 14행에서 12행의 시가 됨)	※	힌구름 발아래 피어나는 八上潭 玉皇의 오랜서름 사모친 꿈이라니	
47	어이면 못피인꽃	어떻게하면 못퓌인꽃	※	
52	1. 뱉은 피는 26. 풀내음새 29. 죽어업스리	1. 뱉은피 26. 물내음새 29. 지고없으리	※	교정 수정

53	18. 그때에 토록 하고 24. 감각의 낯닉은 고향을 차젓노라 25. 평생 못떠날 내 집을 드럿노라	18. 토르록 실으르 24. 감각의 시원한 골에 돋은 한낫 풀닢이라 25. 평생을 이슬밑에 자리잡은 한낫 버러지로라	※	
57	※	1. 환히 8. 홀히	1. 환--희 8. 고히	
58	※	1.편편한 9. 끊어지든날 10. 아빠 부르고 울다 11. 실낫이 서러워 12. 아침 저녁 나무밑에 울다	1.평평한 9. 끊어갔더면 10. 압바 날어찌 찾어 11. 실낫 믿고 12. 어린 압바 피리를 불다	
59	※	2. 푸르러진다	2. 푸르러졌다	
60	※	4. 선뜻 벗도 6. 億萬世代가 14. 외로운 魂 건지기 위하여	4. 벗도 선뜻 6. 屢億千萬世代가 14. 깨끗한 마음 건지기 위하야.	
67	※	2, 3연추가. 사랑이 무엇이기/貞節이 무엇이기/그 때문에 꽂의 春香 그만 獄死하단말가/지네 구렁이 같은 卞學徒의/흉칙한 얼굴에 까물어처도/어린가슴 달큼히 지켜주는 도련님생삭/오! 一片丹		

		心//상하고 멍든자리 마듸마듸 문지르며 눈물은 타고남은 간을 젓어 내렸다/버들닢이 창살에 선뜻 스치는 날도/도련님 말방울 소리는 아니들렸다/三更을 세오다가 그는 고만 斷腸하다//두견이 울어 두견이 울어 南原고을도 깨어지고 오! 一片丹心 4연←3연 멍든자리 내렸다 5연←2연 貞節이 되었지야 卞苛보다	 병든자리 버렸다 貞節!이 되었노라 卞氏보다	5연 35행에서 7연 49행으로 작품 가운데 2연과 3연이 부연됨.
68	※	8. 머언날 13. 하눌 날흐든 銀杏닢이 22. 한가 한가 24. 저질러논 부끄러운짓 25. 하늘처럼 아슨풀하다.	8. 머난날 13. 은행닢이 나른갑드니 22. 먼산 판다 24. 저즈른 녯일이 25. 하날 만히 아슬하다.	
69		1. 잡지 14. 치지	1. 치제 14. 치제	

70	※	21. 맛다은 28. 머리엔	21. 맛이흔 28. 머리우엔	발표 당시에는 연 구분을 하지 않았으나 『영랑시선』에서는 행 구분(6연)을 함.
71	※	9. 놓친마음	9. 놓인마음	
75	※	7. 그실낫같은 10. 불다자는 바람 타다꺼진 불ㅅ동 11. 다아	7. 그 흰실낫같은 10. 불다자는 바람 11. 타다 꺼진 불똥 12. 다	발표 당시의 10, 11행이 『영랑시선』에서는 한 행으로 처리 수록됨.
76	※	2. 다 15. 卑怯할소냐 16. 꼭붙잡고 20. 죽음이야	2. 다아 15. 卑怯할소냐만은 16. 꼭 붙잡고 노칠 안느냐 19. 죽음이야	
77	※	5. 마러놓은 6. 옴겨딛는	4. 말어놓은 5. 옮겨 딛는	발표 당시의 1행과 5행은 『영랑시선』에서 각각 2행으로 처리됨. 『영랑시선』에서는 원래 8행의 시가 10행인 것처럼 수록됨.

79	※	13. 麝香냄새 14. 아니되오	13. 몰핀냄새 14. 되지않소	3연의 1-4행은 각각 '저리'와 '발목은'에서 행갈이를 하고 32행과 4행을 들여쓰기 했으나 『영랑시집』에서는 각각 한 행으로 처리함. 5연의 3행(마지막 행)의 들여쓰기를 무시.
82	※		北으로 北으로/울고 간다 기러기//南邦 대숲 밑을/뉘 후여 날켯느뇨//낄르르 낄르/치운 어슨 달밤//언 하눌 스미지 못 해/처량한 行軍//낄르! 간열프게 멀 다/하눌은 목매인 소리를 낸다 (5연10행)	北으로/北으로/울고 간다 기러기//南邦의 대숲 밑/뉘휘어 날켯느뇨//앞서고 뒤섰다/어지럴리 없으나//간열픈 실오랙이/네목숨이 조매로아 (4연10행) 「거문고」 전문.

해설

시와 표현 ― 김영랑 시의 계보 · 3

시와 표현 - 김영랑 시의 계보 · 3

허윤회

1. 현대시인, 김영랑

김영랑은 이른바 '시문학파'의 일원으로서, 『시문학』(1930.3)에 「동백닙에 빗나는 마음」외 12편의 시를 발표하면서 시단에 등장하였다. 김영랑에 대한 다양한 평가는 그의 시를 통하여 언어 미의식의 발견과 현대적인 시적 형상화에 도달하였다는 것으로 요약된다. 그만큼 김영랑이라는 존재는 한국 현대시사에서 하나의 획을 그은 독보적인 존재로서 각인되어 있다.

김영랑은 생존시에 두 권의 시집을 출간한 바 있다. 하나는 『영랑시집』(시문학사, 1935)이고, 다른 하나는 『영랑시선』(중앙문화사, 1949)이다. 『영랑시집』은 『정지용 시집』(시문학사, 1935)과 함께 박용철에 의하여 간행이 되었다. 『영랑시집』의 출간은 『시문학』과 『문학』을 통해 발표해 온 그의 작품을 일별할 수 있게 함은 물론 그의 시인으로서의 위상을 확고히 하는 계기가 된다.

『영랑시집』에는 모두 53편의 시가 수록되어 있다. 이 가운데 출전을 알 수 있는 것은 모두 36작품이다. 나머지 작품은 현재로서는 미발표된 작품으로 추정된다. 『영랑시집』 이후에 김영랑은 『조광』, 『여성』, 『문장』, 『인문평론』 등의 지면에 작품을 발표하였다. 해방 이후에는 『동아일보』, 『민성』, 『백민』, 『신천지』, 『문예』, 『민족문화』 등의 지면에 작품을 발표한다. 다시 말하면 『영랑시집』 이후에도 김영랑은 자신의 시세계를 확장시켜 나아갔다. 이 가운데 김영랑 자신이 뽑은 작품을 중심으로 시선집이 출간되는데 이것이 바로 『영랑시선』이다. 『영랑시선』에는 모두 60편의 시가 실려 있다.

『영랑시집』과 『영랑시선』에 수록된 작품을 비교하면 약간의 차이가 있다. 우선 『영랑시집』은 1935년 출간 당시까지의 작품이 모두 망라되었다는 인상을 받는다. 이에 반하여 『영랑시선』은 『영랑시집』 간행까지의 시기에 대해서는 매체에 발표된 작품을 중심으로 간추리면서 동시에 감상성이 짙은 작품은 배제한 듯하다. 또한 『영랑시집』 이후의 시기 작품들 가운데에서는 『조광』과 『여성』에 발표된 일부 시와 『동아일보』와 『서울신문』에 게재된 일부 시들이 수록에서 제외되었다. 『영랑시집』이 시간에 촉급하게 출간된 인상을 주고 있다면 이와 대조적인 차원에서 『영랑시선』은 여유로운 모습이다. 그리고 여기에서는 시인이 추구한 시세계의 본격적인 양상을 드러내려 하였다고 볼 수 있다. 하지만 1950년 김영랑의 때 이른 죽음으로 인하여 그의 시는 시적 지향은 영원히 봉인되었다.

김영랑의 시는 물론 그의 산문들까지 수록한 전집 형태의 출간은

『모란이 피기까지는』(김학동 편, 문학세계사, 1981)에 이르러서야 가능하게 되었다. 물론 김영랑의 사후에도 여러 차례의 시집이 출간되었지만, 『영랑시집』과 『영랑시선』의 가치를 뛰어넘지는 못했다. 그러던 차에 1974년 무렵 『문학사상』에서 김영랑의 작품을 집중 발굴하면서 김영랑 시세계의 전체적인 면모가 비로소 드러나게 되었다. 이러한 과정을 거쳐 『모란이 피기까지는』과 『김영랑 · 박용철 외』(김현 편, 지식산업사, 1982)가 출간되었다. 이 두 시집은 지금까지도 김영랑에 접근하려고 할 때 유용한 지침이 되어주고 있다.

특히 『모란이 피기까지는』은 지금까지의 김영랑 시집과는 달리 시와 산문, 평전과 연구 논문이 짜임새 있게 편집되어 있다. 하지만 이 책은 김영랑의 작품을 한 자리에서 완상할 수 있다는 장점에도 불구하고 작품수록의 기준을 일차적으로 『영랑시집』에 놓고, 그 다음에 『영랑시선』의 수록분, 기타의 작품은 발표지면에서 직접 옮겨 실었다. 결과적으로 『영랑시집』과 『영랑시선』 그리고 발표지면의 세 가지 층위가 혼재하는 양상을 빚고 있다. 한 작품만을 실을 수밖에 없다면 이것은 가장 현실적인 방안이다. 그렇지만 이 때문에 김영랑의 시세계에 존재하는 세 가지 층위에 대한 궁금증과 혼선을 막을 수는 없다.

지금까지 이러한 관점에서 김영랑의 시를 접근한 것은 정숙희의 「영랑시집의 판본연구」(『관악어문연구』 9집, 1984) 등이 있다. 정숙희는 당시까지 간행된 영랑의 시집을 대상으로 하여 이본검토를 시도하였다. 그리하여 영랑의 시집들에 나타난 판본별 특징과 표기

체계의 변화, 개인시어의 분석과 양상까지를 고찰하고 있다. 하지만 정숙희의 경우 김영랑의 '시집' 에만 중점을 둔 결과 잡지나 신문에 발표된 시인의 작품에 대해서는 관심을 두지 않았다. 이것은 김영랑의 첫 시집인 『영랑시집』이 갖고 있는 의미에 대한 충분한 천착으로 이어지지 못한 결과를 낳고 말았다.

정숙희가 말한 대로 『영랑시집』 이후의 '영랑시집' 들이 "영랑시의 독특한 향토성과 전통의 목소리의 진솔성을 불러일으키는 그의 시적 정서를 깨뜨리는 결과"가 되었다고 하더라도, "마땅히 『영랑시집』의 원전표기체계로 복원"되어야 하는지에 대해서는 의문이 든다. 아직 김영랑의 시의 본질에 대한 탐색은 좀 더 면밀한 과정이 필요하다.

2. 차이와 반복 -『영랑시집』과 『영랑시선』의 비교

김영랑의 시는 초기에 『시문학』을 통하여 집중적으로 발표되었다. 『영랑시집』의 출간은 『시문학』 4호의 속간이 어려운 과정에서 박용철의 제의로 이루어진 것이다. 따라서 『영랑시집』은 김영랑 초기시의 세계를 집중적으로 보여주고 있다. 이 과정에서 『영랑시집』만의 특징이 나타난다. 우선 『영랑시집』에는 작품의 제목이 없다. 다만 작품번호가 1에서 53까지 붙어 있다. 이것은 『영랑시집』에서 각각의 작품보다는 전체적인 시상의 전개와 흐름을 시인 자신이 무엇보다도 중시했음을 의미한다. 『영랑시집』의 첫 작품은 「동백닙에 빗나는 마음」이라는 제목으로 발표되었던 다음의 작품이다.

내마음의 어듼듯 한편에 끗업는 강물이 흐르내
도처오르는 아츰날빗이 빤질한 은결을 도도내
　가슴엔듯 눈엔듯 또 피ㅅ줄엔듯
　마음이 도른도른 숨어잇는곳
내 마음의 어듼듯 한편에 끗 업는 강물이 흐르네
(『시문학』 1호, 1930.3)

내마음의 어듼듯 한편에 끝업는 강물이 흐르네
도처오르는 아츰날빗이 빤질한 은결을 도도네
가슴엔듯 눈엔듯 또피ㅅ줄엔 듯
마음이 도른도른 숨어잇는곳
내 마음의 어듼듯 한편에 끝업는 강물이 흐르네
(『영랑시집』, 1935)

위의 두 작품을 비교하면 우선 ㅅㄱ→ㄲ, ㅅㄷ→ㄸ의 표기상의 변화가 우선 눈에 뜨인다. 또한 흐르내→흐르네, 도도네→도도내의 변화도 보인다. 이러한 변화들은 의미상에 큰 변화를 주고 있지는 않는 것처럼 보인다. 하지만 미세한 변화를 감지할 수도 있는데 '도도내'의 경우 '어듼듯' '또 피ㅅ줄엔듯' '도른도른'과 일정하게 음상의 공명(共鳴)을 유지하고 있다. '도도내'가 '도도네'로 변화되면서 '도도내'가 유지하고 있던 부드러움은 한층 감소되는 듯하다. 발표 당시의 '도도내'는 긴 여운을 주고 있어서, 3행과 4행의 들여쓰기를 충분히 수용하는 구조를 보여주고 있다. 하지만 『영랑시집』에서

처럼 '도도네'로 변화를 주면 여운의 감소로 인하여 3행과 4행의 들여쓰기의 무시가 별 문제로 받아들여지지 않게 된다. 이러한 차이가 절대적인 시적 의미의 우열을 결정짓는다고 볼 수는 없다. 그러나 김영랑의 시가 얼마나 시어와 시형에 섬세하게 반응하고 있는가에 대해서는 강조해도 모자람이 없다.

내마음의 어딘듯 한편에 끝없는 강물이 흐르네
도처오르는 아침날빛이 뻰질한 은결을 도도네
가슴엔듯 눈엔듯 또 피ㅅ줄엔듯
마음이 도른도른 숨어있는곳
내 마음의 어딘듯 한편에 끝없는 강물이 흐르네
(『영랑시선』, 1949)

『영랑시선』에 오면 '끗업는'은 '끝없는'으로, '빤질한'은 '뻰질한'으로 변화된다. 그리고 '아츰날빗'은 '아침날빛'으로 변화된다. 해방이후 변화된 표준어 규정에 따라서 어간의 형태를 밝혀 적은 경우라고 할 수 있다. 음상의 미세한 차이를 거론할 여지도 없이, 어간의 형태를 밝혀 적음으로 인하여 의미상의 고정이 나타난다. 결과적으로 '슷업는'은 '끗업는'을 거쳐 '끝없는'이 되고, '싼질한'은 '빤질한'을 거쳐 '뻰질한'이 된다. 앞서 말한 것처럼 큰 의미상의 변화가 없고 의미의 보정이 이루어지고 있다. 하지만 '싼질한 은결을 도도내'라는 표현이 '뻰질한 은결을 도도네'로 변화되면서 나타난 리듬의 '둔탁함'은 김영랑의 시적 분위기가 지속적으로 훼손되어온 그간의 과정을 대하는 것같아 겸연쩍게만 보인다. '빤질한' 이 '뻰질한' 으로 변화된 것은 '뻰질뻰질하다' 를 참고해서 '뻰질한' 으로 적었겠지만, 의미상의 차이에도 불구하고 '뻰질한' 과 '빤질한' 이 김영랑의 시에서 보여주는 뉘앙스의 차이는 분명히 존재한다.

『영랑시집』에서는 연철의 표기가 우세하게 나타난다. 반면에 『영랑시선』에서의 가장 큰 특징은 어간의 형태를 밝혀 적는다는 것이다. 하지만 이러한 차이가 영랑시의 섬세한 음상의 표현과 구조적 양상을 저해하는 요소로 작용하고 있다.

그밖에 『영랑시선』에서는 이중모음의 사용, 띄어쓰기의 변화 등이 두드러지게 나타난다. 이중모음의 경우 『영랑시집』에서도 사용된다. '져녘에'→'저녁에' 의 경우는 이중모음이 단모음으로 바뀐 경우이지만, '기려지는' 의 경우에는 '긔려지는' 으로 표기됨으로써 이중모음의 강화가 나타난다. 아마도 '저녁' 등과 단어는 표준어의 사용에 따른 불가피한 수정이었겠지만, 용언의 경우에는 음상의 강화를 위해서 이중모음의 사용을 강화한 것으로 추측된다. 하지만 '어틘듯' 의 경우에는 '어디인듯' 의 축약형, 즉 '이중모음' 형태로 제시되어 있다. 이러한 경우는 발표 당시부터 계속 유지되고 있는 고유한 시적 표현의 영역을 지속시킨 예라고 할 수 있다.

시인의 표현은 자신의 음성과 표현 사이에서 고유한 영역을 지키기 위한 길항의 흔적이라고 볼 수 있겠다. '하날' 이 '하늘' 로, '우슴' 이 '웃음' 으로, '얼골' 이 '얼굴' 로, '붓그려워' 가 '부끄러워' 로 변화되는 과정에서도 '어덕' 은 그 형태를 지속적으로 유지하고 있다. '언덕'의 전남방언인 '어덕'은 시인과 작품의 일체감에서 각인된 하나의 표지처럼 보인다. 아직까지도 '찬란한 슬픔의 봄'보다는 '찰란한 슬픔의 봄'이 더 자연스럽게 다가온다. 김영랑은 자신의 음성과 가까운 기호의 선택을 통하여 표현의 일체감을 작품에 부여하려고 하였던 것이다.

『영랑시선』에서는 한 사람의 조력자가 나타나는데 그가 바로 시인 서정주이다. 『영랑시선』의 발문을 서정주 자신이 기록하고 있으며, 서정주는 「영랑의 일」(『현대문학』, 1962.12)에서 『영랑시선』의 제작과 편집에 자신이 깊이 관여했음을 직접 밝힌 바도 있다. 작품의 선별은 시인 자신이 한 것으로 판단되나 작품의 배치와 교정 등은 서정주의 손길이 많이 닿아있는 듯 하다. 그리고 해방 이후 변화된 한글맞춤법의 표기 원칙을 마냥 무시할 수는 없었다. 『영랑시선』은 『영랑시집』의 연철 형태와는 달리 형태를 밝혀 적음을 원칙으로 삼았던 당시의 한글맞춤법을 따르고 있다. 결과적으로는 김영랑이 발표한 최초의 발표지면의 표기와 유사하게 복원되었다. 하지만 『영랑시집』과 『영랑시선』 사이에는 언어의 리듬감을 강하게 의식했던 시인의 의도가 감소됨을 발견할 수 있다. 특히 현대적인 표기법에 맞춘 띄어쓰기의 변화는 결정적으로 작품의 리듬감을 훼손시키는 방향으로 귀결되었다. 이를 보완하기 위하여 이중모음의 사용을 강화하거나 리듬의 변화를 표현의 수정을 통하여 극복하려 했으나 분명히 역부족이었다. 여기에서 김영랑이 추구했던 시세계의 독자성이 얼마나 고급한 것이었는가를 새삼 깨닫게 된다.

『영랑시선』을 출간하는 과정에서 하나의 수확이 있다면 『영랑시선』의 명백한 오류가 수정될 수 있었다는 사실이다. 그리고 이를 바탕으로 영랑시의 새로운 모습을 도모코자 하였다. 하지만 『영랑시선』의 출간과정에서 인쇄 편집의 형편상 더 많은 오류가 발견됨은 애석한 일이다. 그리고 이러한 오류가 시인의 의도와는 무관하게 재생산되었던 측면도 간과되어선 안 될 것이다. 시인을 떠난 작품은 영영 시인이라는 원천을 잃어버렸기 때문이다. 1950년 한국전쟁의 한 복판에서 김영랑과 그의 작품과는 심각한 균열이 생기고 말았다.

3. 김영랑의 시어에 대하여

1) 안쓰러움의 지향

김영랑의 고향은 강진이다. 반도의 끝자락에서 김영랑은 자신의 시어를 갈고 닦은 시인으로 잘 알려져 있다. 언어 세공이니, 언어의 조탁이라는 말은 그의 시세계와 상통하는 면이 많다. 『모란이 피기까지는』은 이런 경우에 내세우게 되는 그의 대표작이다.

모란이 피기까지는
나는 아즉 나의봄을 기둘니고 잇슬테요
모란이 뚝뚝 떠러져버린날
나는 비로소 봄을여흰서름에 잠길테요
五月어느날 그하로 무덥든날
떠러져누은 꽃닢마져 시드러머리고는

천디에 모란은 자최도없어지고
뻐쳐오르든 내보람 서운케 문허졋느니
모란이 지고말면그뿐 내 한해는 다가고말아
三百예순날 하냥 우옵내다.
모란이 피기까지는
나는 아즉 기들니고잇슬테요 찰난한 슬픔의 봄을
(작품번호 45, 「모란이피기까지는」)

이 시를 논의할 때 '하냥'의 의미에 대한 여러 가지 의견이 제출된 바 있다. 하냥은 '늘'의 잘못된 표기로 보는 것이 일반적이다. '마냥' '그냥' '항상' '만남' 등의 다양한 의미로 해석되기도 한다. 하지만 '하냥'이 주는 시적 표현의 적절성을 당해내지는 못한다.

'하냥'의 의미는 간단히 말하면 '늘'이라는 부사의 잘못된 사용쯤으로 볼 수 있다. 지금까지는 '하냥'의 의미를 「모란이 피기까지는」을 중심으로 해서 살펴져 왔다. 여기서는 김영랑 시 전체로 대상을 확장시켜 보고자 한다. 「모란이 피기까지는」의 '하냥'은 『영랑시선』에서는 '한양'으로 표기가 변화된다. 그리고 '한양'이라는 부사어는 시인의 다른 작품에서도 사용되는데 '만년(萬年) 한양'이 그 예이다(작품번호 76, 「망각」). 한 발 더 나아가 정지용의 시에서도 '한양'은 '태고이래 한양'(「온정」)으로 사용된 바 있다. 따라서 '하냥'은 삼백예순날, 태고이래 등 시간을 나타내는 단어와 같이 쓰면서 시간이 지시하는 기간 '내의' 혹은 '동안'의 어떤 균질적인 상태인 '늘' 혹은 '내내'를 의미한다(최전승, 「시어와 방언」, 『문학과 방언』, 역락, 2001, 참조). 또한 작품번호 65 「우감」(『조광』, 1940.6)에서는 "내보금자리는 한양 서런幸福이 가득차있다"라고도 표현된다.

김소월의 「진달래꽃」에서 표현된 '말없이 고이 보내드리우리다" 에서 '고이' 가 갖는 의미와 기능은 절대적인 것이다. 김영랑은 '하냥' 을 통하여 김소월의 '고이' 가 추구하는 시적인 개성을 추구했음을 기억해 둘 필요가 여기에 있다.

김영랑의 시는 자신의 고유한 시어를 통하여 그만의 독특한 시적 개성을 발휘한 시인으로 잘 알려져 있다. 그의 시적 개성은 언어의 표현에 기반하고 있다. 아마도 자신만의 고유한 시어를 일반 독자들에게 각인시킨 몇 안 되는 시인 가운데 하나라고 생각된다. 그 가운데 의미의 해석이 어려운 경우로 지목되는 시어가 '애끈히' 이다. '애끈히' 라는 시어를 떠올리면 '애끊다' 라는 단어가 먼저 떠오른다. '애끊다' 의 사전적 의미는 "마음이 몹시 슬퍼서 창자가 끊어질 듯 하다."의 의미를 갖고 있다. 하지만 이러한 사전적 의미를 갖고서 김영랑의 시에 접근하면 처음의 기대와 어긋남을 느끼게 된다. 가령

> 님두시고 가는길의 애끈한 마음이여
> 한숨쉬면 꺼질듯한 조매로운 숨길이여
> 이밤은 어느뉘 시골인가
> 이슬가치 고인눈물 손끗트로 깨치나니
>
> (작품번호 10)

에서 '애끈한 마음'은 '애끊는 마음' 혹은 '애 끊이는 마음'과는 일정한 차이가 있음을 알 수 있다. '애끊는 마음'과 '애 끊이는 마음'은 애(창자)와 관련되어 있지만, '애끈한'은 '애'와 상관없는, '애끈하다'라는 관점에서 새롭게 접근할 필요가 있다.

내가슴 속에 가늘한 내음
애끈히 떠도는 내음

(작품번호 42)

아담한 꿈하나 여승의 호젓한품을 애끈이 사라졌느니

(작품번호 46,「불지암서정」)

샘은 애끈한 젊은꿈 이제도 그저 지녔으리

(작품번호 80)

이상은 '애끈한' 혹은 '애끈히'라는 시어를 사용한 경우들이다. 먼저 작품번호 42에서는 '떠도는'은 '가늘한'과 함께 '내음'을 수식하고 있다. 가늘게 떠도는 '내음'은 시인의 마음에 어떤 감정을 유발시키는데 이를 '애끈히'라고 표현하고 있는 것이다. 여기에서 '애끈히'는 시인 자신과 시적 자아의 사이에서 합치되지 않는 어떤 '거리'를 표현하고 있다.

작품번호 46「불지암서정」에서는 그런 미적 거리를 구체적으로 확인할 수 있다. 이 시는 금강산에 있는 불지암이라는 절에 얽힌 전설을 바탕으로 써진 듯 하다. 이 작품에서는 불도에 입문한 여승과 이 여승을 사모하는 '미목수려한 한 청년' 이 등장한다. 이 둘의 이루어질 수 없는 사랑은 '청년' 의 죽음으로 영원한 사랑의 전설이 되어 버린다. 현실과 이상의 이루어질 수 없는 거리에서 느끼는 감정을 '애끈이' 는 지시하고 있다. 작품번호 80의 '애끈한' 젊은 꿈도 이러한 의미의 범주에서 크게 벗어나지 않는다. 그렇다면 '애끈히' 혹은 '애끈한' 은 독자적인 의미망을 갖고 있다고 할 때, 이루어질 수 없는 꿈과 이상 그리고 사랑에 대한 '안타까운' 혹은 '안쓰러운' 감정이라고 '번역' 할 수 있을 것이다.

김영랑은 발표지와 『영랑시집』에서 '애끈히' 혹은 '애끈한' 을 '앳근하고' '앳근히' '애슨 한' '애끖이' 등으로 표기하였다. 하지만 『영랑시선』에서 김영랑은 '애끈히' 혹은 '애끈한' 으로 일관된 표기법을 유지하고 있다. 이것은 김영랑이 '애끈한' 이라는 시어에 담긴 의미망에 충실코자 했음을 의미한다. 다만 『영랑시선』에서 작품번호 46의 '애끈히' 표기가 '애끖이' 로 복귀하고 있지만, 이것은 발표지 중심의 작품 수록을 기준으로 삼는 과정에서 나타난 일관성이 결여된 잘못된 수정이라고 판단된다. 작품번호 46의 경우 최초의 발표에서 '애끖이' 로 표기되었으나, 이는 마땅히 '애끈히' 의 의미망 내에서 사용된 경우이기 때문에, 『영랑시선』의 '애끖이' 의 표기는 잘못된 것이다.

'애끈히' 와 유사한 시어로서 사용된 경우로는 '애닯은' 혹은 '애닯어' 의 시어가 있다. 이 경우는 '애끊다' 와 친연성이 있어 보이기도 한다. '애달프다' 라는 단어는 '애가 다칠 정도로 마음이 아프다'

라는 뜻을 담고 있기 때문이다. 하지만

아모리 두견이 애닯어 해도
황금 꾀꼬리 아양을 펴도
(작품번호 86, 「오월한」)

에서 보듯이 '애닯어'가 지향하는 것은 현실과 동떨어진 이상과의 거리 혹은 이에 대한 감정을 지시한다. 이 감정의 이름은 '안타까움' 혹은 '안쓰러움'이다.

2) 삶과 언어의 이중결합

김영랑이 사용한 시어 가운데 의미 해석이 어려운 시어들로는 '조매로운' '후젓이' 등의 시어가 있다. 그리고 이러한 시어들은 김영랑 자신이 자주 사용하고 있기도 하다.

우선 '조매로운'의 경우 우리가 흔히 사용하는 '조마조마하다'라는 단어의 의미와 견주어서 의미를 헤아리게 된다. 『한글큰사전』에는 '조매조매하다'라는 단어가 등록되어 있다. '조매조매하다'는 '오모조모하다' '조마조마하다'와 비슷한 뜻을 갖고 있지만, 어찌된 일인지 '조마조마하다'는 탈락되고 '조매조매하다'가 사전에 등록된 것이다. 따라서 '조매조매하다'의 '마음에 연해 위태한 느낌이 있음'의 풀이는 '조마조마하다'에도 그대로 적용이 가능하다. '조마롭다'를 '조마조마하다'의 파생형으로 본다면, '조매로운'은 '조매조매하다'의 파생형으로 보는데 큰 무리가 없어 보인다. 김영랑의 시에서 '조매로-'가 사용된 예를 찾아보면 다음과 같다.

> 한숨쉬면 꺼질듯한 조매로운 꿈길이여
>
> (작품번호 10)

> 간열픈 실오랙이 / 네목숨이 조매로아
>
> (작품번호 56, 「가야금」)

> 하날은 파--랗고 끝없고 / 평평한 연실은 조매롭고
>
> (작품번호 58, 「연」)

우선 「가야금」과 「연」을 보면 '조매로아' 혹은 '조매롭고'는 가는 실과 관련이 있다. 너무나 가늘어서 언제나 끊어지는 상황에 염려될 경우에 '조매로-'가 사용되고 있음을 알 수 있다. 이를 바탕으로 살펴보면 작품번호 10의 '조매로운' 꿈길이란 한순간에 깨어지는 꿈속의 영상에 대한 위태로움과 안쓰러움을 표현하고 있다. 김영랑은 작품번호 58 「연」에서 '조마조마 길가에 붉은 발자욱'이라는 표현을 사용하고 있다. 마음에 난 상처를 길이타는 심상을 빌어 표현하면서 그 감정의 상태를 '조마조마'하다라고 표현하고 있다. 다시 말하면 어렵고 힘든 삶의 애처로움을 그는 '조매롭다'라는 단어를 통해 표현하고 있는 것이다.

한편 '후젓이'는 '호젓이' 혹은 '호젓한'과 관련지어서 의미를 유추할 수밖에 없다. 그런데 김영랑은 '호젓이'와 '후젓이'를 분명

하게 구별해서 사용하고 있다. '호젓한' 은 사전전인 의미에서 '외따로 있어서 무서움을 느낄 만큼 쓸쓸함' 의 의미라고 분명하게 표현되어 있다.

아담한 꿈하나 여승의 호젓한품을 애끊이 사라젓느니
(작품번호 46, 「불지암서정」)

에서 사용되고 있다. 이때 '호젓한' 은 여승의 마음을 표현하고 있다. 하지만 '후젓한' 이라고 할 때의 심리적 상태에는 약간의 변화가 일어나는 듯 하다. 먼저 '후젓-' 이 사용된 예를 살펴보면 다음과 같다.

쓸쓸한 뫼아페 후젓이 안즈면(작품번호 8)

다만 후젓하고 줄대업는 마음만 예나 이제나(작품번호 28)

후젓한 三更 / 산우에 홀히(작품번호 51)

달빛 너무도 황홀하여 후젓한 이 새벽을(작품번호 52)

'후젓한' 은 '호젓한' 의 크거나 둔한 표현으로 보기에는 조금 의미의 차이가 있다. '호젓한' 이 '쓸쓸함' 에 강조점이 주어져 있다면, '후젓한' 은 '쓸쓸함' 과 함께 알 수 없는 두려움의 감정이 얼비친다.

그리하여 아주 약화된 두려움의 표현은 시적 자아의 수동성을 강화시킨다. 겉으로 일상의 변화를 읽을 수는 없으나, 내면에 숨겨진 불확실한 자아와 미래에 대한 불안과 염려는 마음의 '예감된' 쓸쓸함의 운명과 마주치게 한다. 그렇다면 '후젓한'은 '두려운 마음과 안타까운 마음을 함께 간직한 채로 쓸쓸한' 정도로 풀이해야 할 것이다. '후젓이' 혹은 '후젓한'은 '호젓이' 혹은 '호젓한'과는 다른 어떤 무게에 의해 그 의미망이 구분된다고 할 수 있다.

김영랑의 시어는 전라도의 토속적인 방언에서 그 기원을 찾을 수 있다. 하지만 우리가 알고 있는 표준어의 시행은 1930년대 초반에 비로소 언중의 합의하에 시행된 것이다. 따라서 김영랑이 시인으로 활동하기 이전에 표준어와 방언의 구분은 존재하지 않았다. 다만 표준어의 시행과 함께 김영랑의 시어가 방언으로 전락했다는 데 더 큰 문제성이 있다.

> 기둘리다, 꿰벗어, 날켰느뇨 떠나른다, 보랏습니다, 아슨풀하다, 지늘겼느니

등의 시어는 분명히 현재로서는 김영랑의 고향을 배경으로 한 방언의 범주에 속해 있는 말들이다. 하지만 앞에서 다룬 '애끈한' '조매로운' '후젓한' 등의 시어가 김영랑의 시어체계에서 분명한 의미의 켜를 갖고 있듯이 이 말들도 분명한 의미 사용의 일관성을 유지한 상태에서 작동됨을 알 수 있다. 그 하나하나의 의미를 벗겨내면 보다 풍부한 시적 의미의 황올함에 놀라게 된다.

김영랑의 시어에 나타난 방언은 토속적인 의미만이 아니라 방언을 통하여 시의 형상화에 큰 성공을 거두고 있다는 점에서 의미가 있다. 김영랑의 시적 우수성은 시적 자아의 언어적 표현에 대한 집념에서 비롯된 것이라고 할 수 있다.

> 도도네, 바람슷긴, 서어하나마, 슬리는, 마금날, 아심찮다,
> 얼넝소리, 향맑은, 흰날

등의 시어는 방언이라기보다는 우리가 '잃어버린' 말들이다. 우리의 옛말 '돋우다'나 '슷기다'에서 '도도네'나 '바람슷긴'은 분명한 의미를 갖고 있다. 다만 우리가 우리 삶의 변화로 인하여 사용하지 않을 뿐이다. 김영랑의 시를 통하여 우리말의 진수를 엿볼 수 있다는 것도 참 흥미로운 점이다. '안심찮다'가 표준말로 등재되어 있는 '아심찮다'의 사용하는 경우를 거의 만날 수 없는 것과 마찬가지로 '얼렁소리'는 듣기조차 힘들다.

'흰 날'하면 우리는 흰색의 색채만을 떠올린다. 하지만 '희다'라는 말에는 '희떱다'라는 의미를 내포하고 있다. 우리가 보통 '밥먹고 흰소리 그만해'라고 하는 경우에서 아직도 사용하고 있는 말이다. 김영랑은 '희다'라는 단어에서 색채와 자신의 감정을 결합시키고 있다. '흰 날'은 자신의 감정을 색채로 표현한 탁월한 예라고 할 수 있다. 아울러 '흰 연'은 '희다'와 '희떱다'를 연이라는 대상에 결합시킴으로서 중의적인 표현을 가능케 하고 있다. 이것은 김영랑의 시적 표현이 단순한 우리말의 조탁에만 있지 않고 연내석인 시

적 표현의 가능성을 모색한 분명한 예라고 할 수 있다. 그 이상의 설명은 김영랑 시에 대한 본격적인 비유의 세계에 대한 탐구와 연결되는 것이다.

4. 정본 『영랑시집』을 기다리며

시란 인간 감정의 가장 고도한 언어적 사용이다. 시가 어렵다는 것은 그만큼 일상의 언어적 사용과 차이가 있다는 것을 의미한다. 정확히 말하자면 시의 언어적 사용이 그만큼 낯설다는 것을 말하는 것인지도 모른다. 하지만 우리는 자고 깨어나면 신문과 방송과 광고의 홍수 속에서 삶을 영위하는 존재이기도 하다. 나날의 일상은 새로운 각도에서 포착된 일상의 '디자인' 속에서 구획되어진 작품들이다. 현대인들은 자신의 일상이 타인의 시선에 포집되기를 바라면서 그 간극에 대하여 괴로워한다. 마치 시인이 자신만의 시어를 찾기 위하여 고통스러워하듯이.

지금까지 김영랑에 대한 많은 논의의 중심이 음악성과 언어성 임에도 불구하고 김영랑의 시어에 대한 관심이 부족했다는 사실은 아이러니컬하다. 지금까지 김영랑이 구사한 시어는 시적인 분위기와 의미의 진정성을 위한 문학적 가공의 측면에서 살펴본 경우라고 할 수 있다. 정작 김영랑이 구사한 시어들을 살펴보면, 분명 일상에서는 사용하기가 어려운 고급한 우리말을 사용하면서도 이를 신기에 떨어뜨리지 않게 하고 있다. 더 나아가서 김영랑이 사용한 시어들은 자신만의 독특한 일관성과 체계성이 있다. 그리고 이것은 표현의 확충을 위하여 대단한 선별의 과정이 수반되었음을 의미한다. 설사 그것이 전라도라고 하는 지역의 방언에 근거하고 있다하더라도, 방언의 재료를 통하여 자신이 말하고자 하는 시세계의 견고한 '집' 을 지었다는 사실을 간과해서는 안 될 것이다. 그 집을 통하여 김영랑의 '우주' 를 발견하는 것은 그 다음의 일이다.

원본 영랑 시집

2007년 4월 2일 인쇄
2007년 4월 10일 발행

주 해 허 윤 회
펴낸이 박 현 숙
찍은곳 신화인쇄공사

110-320 서울시 종로구 낙원동 58-1 종로오피스텔 606호
TEL. 02-764-3018, 764-3019 FAX. 02-764-3011
E-mail : kpsm80@hanmail.net

펴낸곳 도서출판 **깊 은 샘**

등록번호/제2-69. 등록연월일/1980년 2월 6일

ISBN 89-7416-174-5

값 15,000원